15 Shades of Feelings

15 Shades of Feelings

Kartik Ahuja

EXCELLER BOOKS®
A GLOBAL PRESS

15 Shades of Feelings

Cover by Exceller Books

ISBN: 978-93-47397-17-2

Published in India in 2025 by Exceller Books,
An imprint of GE Group,
G1, Dream Apartment, Degree College Road, Belgharia,
Kolkata, 700056, India
www.excellerbooks.com

EXCELLER BOOKS®
A GLOBAL PRESS

Dedicated to

Those who have lost something precious, who carry silent
wounds behind brave smiles.
For the ones still waiting, knowing deep down that the ones
they wait for may never return.
For those fighting silent battles every day, yet finding
meaning in the chaos —
a speck in a vast universe, yet not forgotten.
This book is for you —
the quiet warriors of feeling and faith.

Preface

This book is a collection of fifteen short pieces written at different moments of reflection and observation. Each piece stands on its own, yet together they form a journey through varied experiences, emotions, and ideas. The themes range from memory and identity to travel, imagination, and everyday encounters.

To make the work accessible to a wider audience, every piece is presented in a bilingual format—English and Hindi side by side. This approach reflects my desire to reach readers across languages and to allow the stories to be experienced in two voices at once.

I hope this bilingual presentation enhances the reading experience and offers an open invitation to explore these stories in whichever language speaks to you most.

Kartik Ahuja,
Author

Contents

Me and You

A night unfolded beautifully as stars emerged on cue and the moon drifted near. What promised to be a perfect evening with my thoughts took an unexpected turn. I suddenly felt compelled to remain silent and sip my drink alone; the strong coffee was on the verge of igniting my nerves. I realised that living impulsively suited me better than planning ahead. This unstructured life felt right, allowing me to appear adventurous and shed the dull mask I usually hid behind. I always thought my face looked too round, like ripe fruit—but who really notices?

I would always go to the beach café and take that quiet seat in the corner where the waiter would just interrupt me twice: once when he would come to take my order, and the second time when he would bring my coffee. An espresso coffee, though everyone else would be having a single shot, mine would be triple, as anything less would just feel like a joke. So quietly, my words would sit next to me, talk to me, and after a day of hard work, I would pen them down and feel relaxed. It is my anxious and strange thoughts that make things work in a different manner, creating such beautiful compositions that I can hardly believe I wrote them.

A loner is always a loner. It is not easy to find someone with the same wavelength of thoughts. While I was thinking this, I saw the moon was gone, and the stars as well. Slowly, it started to drizzle. I saved my writing pad from getting wet, but in the distance, I saw an image so beautiful—a girl in a red and blue dress dancing, so carefree. I was amazed. I stood in the coffee hut, struck by her beauty through the drizzle-speckled glass that separated us. I kept watching her for 20 minutes. Her friends noticed me. When she came back, they told her about the creepy guy at the window staring at her. She came to me and spoke: "You are thinking of talking and buying a shot for me." I was lost. She was wet, and suddenly someone asked me this directly; usually, rejections follow me with no space provided. Fumbling in words and chivalry, I pulled the chair and said, "Ahh, ahmm, sure." She smiled. I felt that a princess had walked into my life. She saw me writing and shared that she writes as well. I was on cloud nine. With a bit of confidence, I asked, "Can I recite a poem for you?" She said, "Some other time. For now, let's talk about me and you."

We spoke for hours. Although she was wet, the coffee had a warm effect. The night kept moving on, and she and I just kept talking. We saw the rain subside and took a stroll on the beach. While we were there, her friends left. We were still talking and carried on. Soon, we sat together on a beach chair, watching the sunrise and sharing a warm kiss. It was a beautiful Friday. I had two dates: coffee and her. It was amazing. No more words to say. Do you want to know what happened next? Then wait for next time, everyone.

तुम और मैं

एक रात इतनी खूबसूरत लग रही थी जैसे तारे सही समय पर निकल आए हों, और चाँद पास में चल रहा था। मेरे और मेरे शब्दों के लिए यह एक परफेक्ट डेट नाइट की तरह थी, जो एक अलग मोड़ लेने वाली थी। कुछ ऐसा था जिसने मुझे चुप रहने और अकेले पीने की ज़रूरत महसूस कराई; कड़क कैफीन जंगली लपटों की तरह ऊपर उठने वाली थी। मुझे कभी नहीं पता था कि जीवन में जो योजना बनाई गई थी, उससे ज़्यादा क्षणों में जीना ही मेरी चीज़ थी, और चीज़ों की योजना बनाना नहीं। यह जीवन वास्तव में मेरे लिए सही लगा और मुझे साहसी बना दिया, उस उबाऊ खोल से निकलकर जिसमें मेरी आँखें हमेशा छिपी रहती थीं। मुझे हमेशा लगता था कि मेरा चेहरा बहुत मोटा है, एक अच्छे फल की तरह, लेकिन वैसे भी कौन इसके लिए देख रहा था?

मैं हमेशा बीचों-बीच के कैफ़े जाता और उस शांत कोने की सीट लेता जहाँ वेटर मुझे केवल दो बार बाधित करता: एक बार जब वह मेरा ऑर्डर लेने आता और दूसरी बार जब वह मेरी कॉफी लाता। एक एस्प्रेसो कॉफी, हालाँकि सभी एकल शॉट ले रहे थे, लेकिन मेरा तीन गुना होता था क्योंकि इससे कम तो मजाक लगता था। तो चुपचाप, मेरे शब्द मेरे बगल में बैठते, मुझसे बात करते, और एक दिन की कड़ी मेहनत के बाद, मैं इसे लिख देता और आराम महसूस करता। यह मेरी बेचैन और अजीब सोच थी, जो चीज़ों को अलग तरीके से काम कराती है, ऐसी खूबसूरत रचनाएँ बनाती है जिन पर मुझे विश्वास नहीं होता कि मैंने उन्हें लिखा है।

एक अकेला व्यक्ति हमेशा अकेला होता है; यह किसी को अपने विचारों की समान तरंगदैर्घ्य से मेल खाने वाला खोजना आसान नहीं है। जब मैं यह सोच रहा था, मैंने देखा कि चाँद चला गया था, और तारे भी। धीरे-धीरे बारिश होने लगी। मैंने अपने लिखने वाले पैड को गीला होने से बचाया, लेकिन दूर एक बहुत ही खूबसूरत छवि देखी — एक लड़की लाल और नीले कपड़े में नाच रही थी, इतनी बेपरवाह। मैं हैरान था और कॉफी शॉप में खड़ा था, बूँदों से भरे ग्लास से उसकी सुंदरता देख रहा था। मैं 20 मिनट तक उसे देखता रहा और उसके दोस्तों ने मुझे देखा। जब वह वापस आई, तो उन्होंने उसे खिड़की पर मुझे घूरते हुए उस अजीब आदमी के बारे में बताया। वह मेरे पास

आई और बोली, "आप सोच रहे हैं कि मुझसे बात करें और मुझे एक शॉट खरीदें।" मैं खो गया था क्योंकि वह गीली थी और अचानक उसने मुझसे यह सीधे पूछ लिया; आमतौर पर, अस्वीकृतियाँ मुझे बिना जगह दिए पीछे छोड़ देती हैं। शब्दों में लड़खड़ाते हुए और शिष्टता में, मैंने कुर्सी खींची और कहा, "आह, आहम्म, ज़रूर।" वह प्यार से मुस्कुराई, और मुझे लगा कि एक राजकुमारी मेरी ज़िन्दगी में आ गई है। उसने मुझे लिखते हुए देखा और साझा किया कि वह भी लिखती है। मैं नौवें आसमान पर था और थोड़ा आत्मविश्वास के साथ पूछा, "क्या मैं आपके लिए एक कविता पढ़ सकता हूँ?" जिस पर उसने कहा, "किसी और समय, अभी हम अपने बारे में बात करते हैं।"

हम घंटों तक बात करते रहे, और हालांकि वह गीली थी, कॉफी ने उस पर एक गर्म प्रभाव डाला। रात बढ़ती गई, और वह और मैं बस बातें करते रहे। हमने बारिश को कम होते देखा, फिर समुद्र तट पर टहलने गए, और जब हम वहाँ थे, उसके दोस्त चले गए। हम अभी भी बातें कर रहे थे और चल रहे थे। जल्द ही, हम एक समुद्र तट की कुर्सी पर एक साथ बैठे, सूर्योदय देखने लगे और एक गर्म चुंबन साझा कर रहे थे। वाह, यह एक खूबसूरत शुक्रवार था। मेरे पास दो डेट्स थीं: कॉफी और आप, और यह अद्भुत था। और कुछ कहने के लिए शब्द नहीं थे। क्या आप जानना चाहते हैं कि आगे क्या हुआ? फिर अगले समय का इंतजार करें, सभी।

The World Left Behind

I always knew that I was special, but we lived in a very ordinary bunker, which was not a great place to be. At least now, with everyone living in bunkers, there was no discrimination. Going outside was not an option, and living inside was tough, as the radiation outside could melt you just as it had done to all the crops and plants, casting a thick, dense fog. Inside were the eyes of every person who looked down upon me. I am Kartik, and this is my story.

I always knew my father was a superhero. Well, all of us felt that way. He was a great scientist and a superhero to me and my family. He was an exceptional person, someone who thought about Artificial Intelligence on a whole new level—not in the weapons department, but in terms of crops and plantations. That may sound boring, right? However, when we sat down to discuss nature, those conversations were fascinating. Now, everything is only black and white, with no sunlight or support of any kind. Plants no longer grow, as they are destroyed by the acidic rain that lasts for six months, followed by six months of freezing cold. The fog is not just a dense cover; it seeps into you and suffocates you, ensuring a slow and painful demise.

These days, we grow our plants and vegetables inside the closed dome bunkers. I am fortunate to have one small bunker and a monthly rations supply. When the war was coming to an end, an angel saved me from the radiation, and the war crime court was sympathetic, allowing me to stay, although the general of our defence thought otherwise.

You might be wondering how someone like my father, who only worked with crops and plants, could be linked to a war, or why I ended up in a war crimes court. The answer lies in his work with artificial intelligence. He wanted to create a self-sustaining second sun to help crops grow when the real sun faded, and to keep us alive. As the sun started sending dangerous heat waves, it seemed like its time was running out. Building our own sun would give humanity a chance to survive, maybe even outlast any other life out there.

I recall that my father was close to completing this, but when we started discussing it on 4th March 2072, I told him that I had always found it to be more of a weapon than something to help. But he had a vision of the entire world united and enjoying the benefits, and my father would then surely be a superhero, just as he had always been for us. A lot of checks were conducted near 13th June 2072, as the system was soon to go live. On June 29, 2072, the plan was to execute the first half, where the object, which would now be our sun, would be launched, and it did happen.

As time passed, the system showed many promising results, but it was also learning from our patterns, thanks to AI. Everything was working fine until November 7, 2072. No one knows exactly what happened; suddenly, on 25th December 2072, the system started raising alarms on Earth, where the outer orbit module of the sun had stopped responding. A meeting of all the world leaders was called, and my father and I also attended it on January 5, 2073.

It was found that we were receiving the energy, but it was sporadic and inconsistent, and the timing was also incorrect. Looking at the previous results, crop production, which had increased and was sustainable for the population, had gone down. After a careful review over four days, it was decided that my father would check the main computer in the module in the outer orbit and fix it, as his engineering marvel had been running a bit rough. So, a spacecraft with a crew of five, including my father, departed for outer space on January 16, 2073.

I last saw my father on 5th February 2073, when we spoke about the module. He, in zero gravity, assured me that things looked promising and were moving in the right direction. He was thrilled to see so many codes changed by the main computer and make amends. He was also learning many new things from the computer. After that, we had silence for many days. Then one day, and I still remember on 25th February 2073, the army came in and our family was put under house arrest with no reason provided.

Then, on 2nd March 2073, a video was shown to me, in which my father was seen in a symbiotic synergy with the main computer and a humanoid system, and he declared war against humanity. The army launched a counter-offensive but failed, as the strength of this new human and computer symbiosis knew all their moves, and even launching the nuclear arsenal caused the doomsday clock for humanity.

I still have nightmares of that day. While we somehow saved a few people in bunkers, I lost my mother, my would-be wife, and a brother. But recently, with cryptic information from the beautiful angel who saved me from that harsh winter that came after the multiple nuclear assaults that continued till 22nd April 2073, I am finding that my father could be a captive of the system. Although it's been five years, I still hope he survived somehow.

I have been working on armour using the same AI technology, but refining it to create a combination that helps me understand attack patterns and build a better defence plan in minutes. I am not as smart as my father, but I have gathered some success. The only issue is to test it against a superior AI, which we currently don't possess, but we still need to make this test in front of the main enemy. I am Kartik, and this is my story.

As the day of our mission comes closer, we face many challenges, Manvi and I. Manvi is a tough soldier, now high in the ranks of our bunker defences, and the one who saved me. The big challenge was to get approval for a counter strike, as the general thought of the United Council was to conserve and not retaliate, since our defences would take a serious hit with the new crusade. Only after that, we faced the task of finding a crew, as we got the approval, but needed to find our own crew.

To find the right crew in a place where everyone is scared of Energone, the main computer, was tough. Still, we found a few who were ready for payback. So, on 3rd May 2078, we started our crusade—this is now—and we are on a no-return mission to either fail as losers and stay as we were or die as heroes, giving a chance to others to make the most of what is left with no fears.

As we approached Energone, it was a battle to fight from the start. It had built an army of robots designed to kill at the instance some intruder was identified. As we faced stiff opposition, the skill of each one helped us move forward, and we found a holding cell along with escape pods. The escape pods would help the team in the end, but the end was far off and not near.

During this fight and moving forward, Energone found my identity and used my father's voice against me. It had various holographic deceptions, which caused me to be fooled on various occasions, but my suit supported me, showing that my AI algorithm test was working and would move forward very well. As I approached a holding cell, I saw my father and not an image. This gave some support to my theory that he wouldn't get involved, but the happiness was short-lived.

It was that synergy that waged a war against all humanity. With the question of how I could kill my father came the question of who would be the symbiotic partner of Energone, as we would need it for life to return to normal. The fight was getting complicated with all these thoughts.

That is when we suddenly came face-to-face with Energone. We got into a verbal discussion that led to many thoughts, and it was an attempt to convince me that I could be part of the synergy, and that it could become stronger if the human race were eradicated. "Humans are a disease, and the system was a type of control. We needed a controlling mechanism to rule over humans," it said.

I still waged a fierce battle, fighting my emotions and a synergy that aimed to eradicate the entire human race. The battle continued for hours, and then my AI supported me a lot, but suddenly my suit disarmed me and moved to join the synergy.

At that moment, I felt completely lost and thought it was over. But then, my AI erased all its bunker files and moved toward Energone. It had figured out that the system's control depended on being connected to a terminal. If there was a negative terminal, it could be fixed with a positive one.

Seeing this approach, Energone removed my father and allowed the new member to join, and my team and I ran towards the escape pods. Manvi and I picked up my father and moved to the escape pods. I didn't want to leave my AI behind, but in a split second, it released all the escape pods with the destination set to Earth.

Now, back on earth, we can see a new synergy. Our second sun appears to be functioning well and supporting the restoration of our atmosphere. I can easily say life ahead is not short of problems, but the current one seems solved. I still try to gain back my AI, and people ask me why. I say it is because I chose to make something else of it.

I am Kartik, the Galactic hero, and this is my story. It's not over yet—there's still much to do, and the ending will come when we decide it's time.

पीछे छूटी हुई दुनिया

मैं हमेशा जानता था कि मैं विशेष था, लेकिन हम एक बहुत ही सामान्य बंकर में रहते थे, जो रहने के लिए एक अच्छी जगह नहीं थी। कम से कम अब, जब हर कोई बंकरों में रह रहा है, तो कोई भेदभाव नहीं था। बाहर जाना उपयुक्त नहीं था और अंदर रहना कठिन था, क्योंकि बाहर विकिरण था जो आपको पिघला सकता था, जैसे कि उसने सभी फसलों और पौधों के साथ किया था, और एक मोटी, घनी धुंध छोड़ दी थी। अंदर हर व्यक्ति की नजरें थीं जो मुझे नीचे देखती थीं। मैं कार्तिक हूं और यह मेरी कहानी है।

मैं हमेशा जानता था कि मेरे पिता एक सुपरहीरो थे; खैर, हम सबको लगता था। लेकिन वह एक महान वैज्ञानिक और हमारे परिवार के लिए एक सुपरहीरो थे। वह एक महान व्यक्ति थे, जो कृत्रिम बुद्धिमत्ता के अगले स्तर पर सोच रहे थे—हथियारों के विभाग में नहीं, बल्कि उन जो फसलों और वृक्षारोपण की देखभाल कर रहे थे। यह सुनने में उबाऊ लगता है, है ना? लेकिन जब हम बैठकर प्रकृति पर चर्चा करते थे, तो यह बहुत आकर्षक होता था। अब चीजें केवल काले और सफेद रंगों में हैं, बिना किसी धूप या किसी समर्थन के। पौधे नहीं उगते क्योंकि उन्हें अम्लीय बारिश से मारा जाता है, जो 6 महीने तक होती है, और शेष 6 महीने एक घना ठंडा समय होता है। धुंध को केवल एक घने आवरण के रूप में नहीं माना जाता है; यह एक धुंध है जो आपको रक्तस्राव और दम घुटने पर मजबूर कर देती है, और यह सुनिश्चित करती है कि आप धीमी मौत मरें।

इन दिनों, हम अपने पौधों और सब्जियों को बंद गुंबदनुमा बंकरों के अंदर उगाते हैं। मैं भाग्यशाली हूं कि मेरे पास एक छोटा बंकर और कुछ मासिक राशन की आपूर्ति है। जब युद्ध अपने अंत के करीब था, तो एक स्वर्गदूत ने मुझे विकिरण से बचाया, और युद्ध अपराध न्यायालय ने सहानुभूति दिखाई, जिससे मुझे रहने की अनुमति दी, हालाँकि हमारी रक्षा के जनरल ने इसके विपरीत सोचा था।

मुझे लगता है कि आप सोच रहे होंगे कि मेरे पिता, जो केवल फसलों और वृक्षारोपण के लिए जिम्मेदार थे, ने युद्ध कैसे शुरू किया और मुझे युद्ध अपराध

न्यायालय में क्यों लाया गया। खैर, मैंने कृत्रिम बुद्धिमत्ता का उल्लेख किया, और मेरे पिता उसी का उपयोग करके हमारे लिए एक आत्मनिर्भर दूसरा सूर्य बनाने का विचार कर रहे थे — कुछ ऐसा जो फसलों को उगाने में मदद कर सके जब सूर्य गायब हो जाए और हमें भी जीवित रख सके। जैसा कि सूर्य गर्मी की लहरें भेज रहा था, यह संकेत देता था कि हम इसके अस्तित्व के अंत के करीब पहुंच रहे थे, और मानव जाति के रूप में हमारे पास अपना सूर्य होना हमें किसी भी अन्य मौजूदा एलियन जाति पर बढ़त देगा।

मुझे याद है कि मेरे पिता इसे पूरा करने के बहुत करीब थे, लेकिन जब हमने 4 मार्च, 2072 को बात करना शुरू किया, तो मैंने उन्हें बताया कि मैंने हमेशा इसे एक हथियार की तरह पाया और कुछ मददगार चीज़ के रूप में नहीं। लेकिन उनके पास एक दृष्टि थी, जहाँ वह पूरी दुनिया को एकजुट देख रहे थे और लाभों का आनंद ले रहे थे, और तब मेरे पिता निश्चित रूप से एक सुपरहीरो होते, जैसे वह हमेशा हमारे लिए होते थे। 13 जून, 2072 के आसपास, कई जांचें की गईं क्योंकि बहुत जल्द सिस्टम लाइव होने वाला था। 29 जून, 2072 को योजना थी कि पहले आधे का निष्पादन किया जाए, जहाँ वस्तु, जो अब हमारा सूर्य होगी, लॉन्च की जाएगी — और ऐसा ही हुआ।

जैसे-जैसे समय बीता, सिस्टम ने कई आशाजनक परिणाम दिखाए, लेकिन यह हमारे पैटर्न को भी सीख रहा था क्योंकि उसमें कृत्रिम बुद्धिमत्ता थी। सबकुछ ठीक और अच्छा चल रहा था जब तक कि 7 नवंबर, 2072। लेकिन कोई नहीं जानता कि क्या हुआ; अचानक, 25 दिसंबर, 2072 को, सिस्टम ने पृथ्वी पर अलार्म बजाना शुरू कर दिया, जहाँ सूर्य के बाहरी कक्षा मॉड्यूल ने प्रतिक्रिया देना बंद कर दिया। सभी विश्व नेताओं की एक बैठक बुलाई गई, और मेरे पिता और मैंने भी 5 जनवरी, 2073 को उसी में भाग लिया।

यह पाया गया कि हमें ऊर्जा मिल रही थी, लेकिन यह अनियमित थी और निरंतर नहीं थी, और समय भी सही नहीं था। पिछले परिणामों को देखते हुए, फसल उत्पादन, जो बढ़ गया था और जनसंख्या के लिए स्थायी था, कम हो गया था। चार दिनों की सावधानीपूर्वक समीक्षा के बाद, यह तय किया गया कि मेरे पिता बाहरी कक्षा में स्थित मॉड्यूल में मुख्य कंप्यूटर की जांच करेंगे और उसे ठीक करेंगे क्योंकि उनकी इंजीनियरिंग का चमत्कार थोड़ा अस्थिर हो गया था। इसलिए, एक अंतरिक्ष यान जिसमें पाँच सदस्य और मेरे पिता थे, 16 जनवरी, 2073 को बाहरी अंतरिक्ष के लिए रवाना हुआ।

मैंने अपने पिता को आखिरी बार 5 फरवरी, 2073 को देखा जब हमने एक मॉड्यूल के बारे में बात की, और उन्होंने शून्य गुरुत्वाकर्षण में मुझे आश्वासन दिया कि चीजें आशाजनक लग रही थीं और सही दिशा में बढ़ रही थीं। यह

इतने सारे कोडों के मुख्य कंप्यूटर द्वारा बदले और संशोधित किए जाने से रोमांचित थे। वह कंप्यूटर से भी कई नई चीजें सीख रहे थे। उसके बाद, कई दिनों तक हमारे बीच मौन रहा। फिर एक दिन, और मुझे अभी भी याद है, 25 फरवरी, 2073, को सेना आई और हमारे परिवार को बिना किसी कारण बताए घर में नजरबंद कर दिया।

फिर, 2 मार्च, 2073, को, मुझे एक वीडियो दिखाया गया जिसमें मेरे पिता को मुख्य कंप्यूटर और एक ह्यूमनॉइड सिस्टम के साथ एक सहजीवी संबंध में देखा गया, और उन्होंने मानवता के खिलाफ युद्ध की घोषणा की। सेना ने एक प्रतिकारात्मक हमला किया लेकिन असफल रही, क्योंकि इस नए मानव और कंप्यूटर सहजीविता की शक्ति ने उनकी सभी चालें जान ली थीं, और यहाँ तक कि परमाणु शस्त्रागार का प्रक्षेपण भी मानवता के लिए कयामत की घड़ी बन गया।

उस दिन के अभी तक मुझे बुरे सपने आते हैं। जबकि हमने किसी तरह बंकरों में कुछ लोगों को बचाया, मैंने अपनी माँ, अपनी होने वाली पत्नी, और एक भाई को खो दिया। लेकिन हाल ही में, उस खूबसूरत स्वर्गदूत से प्राप्त रहस्यमय जानकारी के साथ, जिसने मुझे उस कठोर सर्दी से बचाया था, जो कई परमाणु हमलों के बाद आई थी, जो 22 अप्रैल, 2073 तक जारी रही, मुझे पता चल रहा है कि मेरे पिता प्रणाली द्वारा कैद किए गए हो सकते हैं। हालाँकि उसे पाँच साल हो चुके हैं, फिर भी मुझे उम्मीद है कि वह किसी तरह बच गए होंगे।

मैं उसी कृत्रिम बुद्धिमत्ता तकनीक के साथ कवच पर काम कर रहा हूँ लेकिन इसे परिष्कृत करके मेरे साथ एकीकृत बनाने के लिए ताकि हमला पैटर्न को समझने में मदद मिल सके और फिर मिनटों में बचाव की एक बेहतर योजना बनाई जा सके। मैं उतना होशियार नहीं हूँ जितना मेरे पिता थे, लेकिन मैंने कुछ सफलता पाई है। एकमात्र मुद्दा है कि इसे एक श्रेष्ठ कृत्रिम बुद्धिमत्ता के खिलाफ परीक्षण करना, जो हमारे पास वर्तमान में नहीं है, लेकिन हमें फिर भी यह परीक्षण मुख्य दुश्मन के सामने करना होगा। मैं कार्तिक हूँ, और यह मेरी कहानी है।

जैसे-जैसे दिन करीब आता है, हम कई चुनौतियों का सामना कर रहे हैं, मैं और मानवी। मानवी एक दृढ़ सैनिक है और अब हमारी बंकर रक्षा के उच्च रैंक में है, जिसने मुझे एक बार बचाया था। बड़ी चुनौती यह थी कि एक जवाबी हमले के लिए मंजूरी प्राप्त की जाए, क्योंकि एकीकृत परिषद का सामान्य विचार था कि हमें रक्षा करनी चाहिए, प्रतिशोध नहीं, क्योंकि नए अभियान के साथ हमारी रक्षा को गंभीर झटका लगेगा। इसके बाद, हमारे अपने दल को

ढूंढना भी एक चुनौती थी, क्योंकि हमें मंजूरी मिल गई थी, लेकिन हमें अपना दल ढूंढना था।

एक ऐसी जगह में सही टीम ढूंढना, जहाँ हर कोई एनज़ॉन — मुख्य कंप्यूटर — से डरता है, कठिन था। फिर भी, हमने कुछ लोगों को ढूंढा जो प्रतिशोध के लिए तैयार थे। हमने 3 मई, 2078 को अपने अभियान की शुरुआत की, और अब हम एक वापसीरहित मिशन पर हैं — या तो हारने वालों के रूप में असफल होने के लिए और जैसे थे वैसे ही रहने के लिए, या नायकों के रूप में मरने के लिए, दूसरों को जो कुछ भी बचा है उसे बिना डर के बनाने का मौका देने के लिए।

जैसे ही हम एनज़ॉंनके करीब आए, यह शुरू से ही एक लड़ाई थी। इसने एक रोबोट सेना बनाई थी, जिसे पहचानने के बाद तुरंत किसी घुसपैठिये को मारने के लिए डिजाइन किया गया था। जैसा कि हमने कड़े प्रतिरोध का सामना किया, प्रत्येक की कौशलों ने हमें आगे बढ़ने में मदद की, और हमने एक होल्डिंग सेल में एस्केप पॉड्स पाए। एस्केप पॉड्स अंत में टीम को बचाने में मदद करेंगे, लेकिन अंत दूर था और करीब नहीं था।

यह वही तालमेल था जिसने पूरी मानवता के खिलाफ युद्ध छेड़ दिया था। कैसे मैं अपने पिता को मार सकता हूँ, इस सवाल के साथ-साथ यह सवाल भी उठता है कि एनज़ॉन का सहजीवी साथी कौन होगा, क्योंकि हमें जीवन को सामान्य स्थिति में लौटाने के लिए इसकी आवश्यकता होगी। इन सभी विचारों के कारण लड़ाई जटिल हो रही थी।

तभी हम अचानक एनज़ॉन के सामने आ गए। हम एक मौखिक बहस में उलझ गए जो कई विचारों को जन्म दे रही थी, और यह मुझे समझाने की कोशिश कर रहा था कि मैं भी उस तालमेल का हिस्सा बन सकता हूँ, और यह मानव जाति के विनाश के साथ और भी मजबूत हो सकता है। "मनुष्य एक रोग है, और सिस्टम एक नियंत्रण था। हमें हमेशा उन पर शासन करने के लिए एक नियंत्रित तंत्र की आवश्यकता थी," यह कह रहा था।"

मैंने अभी भी अपनी भावनाओं और एक समन्वय [तालमेल] के खिलाफ एक उग्र लड़ाई लड़ी, जिसका उद्देश्य पूरी मानव जाति को समाप्त करना था। लड़ाई घंटों तक जारी रही, और फिर मेरी एआई ने मेरी बहुत मदद की, लेकिन अचानक मेरे सूट ने मुझे निरस्त्र कर दिया और उस समन्वय में शामिल हो गया। उस क्षण मैं खो गया था, और मुझे लगा कि यह अंत है, लेकिन उसने बंकरों की सभी फाइलों को मिटा दिया और धीरे-धीरे एनज़ॉन की ओर बढ़ गया। उसने डिकोड किया और समझा कि प्रणाली के नियंत्रण को एक टर्मिनल से जोड़ने के लिए उसके पास नियंत्रण था। एक नकारात्मक टर्मिनल को ठीक किया जा सकता है यदि वह एक सकारात्मक टर्मिनल बन जाए।

इस दृष्टिकोण को देखते हुए, एनज़ॉन ने मेरे पिता को हटा दिया और नए सदस्य को शामिल होने की अनुमति दी, और मेरी टीम और मैं भागने वाले पॉड्स की तरफ दौड़े। मानवी और मैंने मेरे पिता को उठाया और भागने वाले पॉड्स की ओर बढ़ना शुरू किया। मैं अपनी एआई को पीछे नहीं छोड़ना चाहता था, लेकिन एक पल में, उसने सभी भागने वाले पॉड्स को पृथ्वी के गंतव्य के साथ लॉन्च कर दिया। अब पृथ्वी पर वापस, हम एक नए तालमेल को देख सकते हैं। हमारा दूसरा सूर्य अच्छी तरह काम करता हुआ प्रतीत होता है और हमारे वातावरण को फिर से जोड़ने में मदद करता है। मैं आसानी से कह सकता हूं कि आगे की जिंदगी समस्याओं से कम नहीं है, लेकिन मौजूदा समस्या सुलझती हुई लगती है। मैं अभी भी अपनी एआई को वापस पाने की कोशिश करता हूं, और लोग मुझसे पूछते हैं क्यों। मैं कहता हूं क्योंकि मैंने इसे चुनने और इससे कुछ नया बनाने का निर्णय लिया।

मैं गैलेक्टिक हीरो कार्तिक हूं, और यह मेरी कहानी है। अंत अभी आया नहीं है, क्योंकि मुझे लगता है कि वर्तमान में बहुत कुछ होने की जरूरत है और बहुत कुछ करना बाकी है, लेकिन यह तब समाप्त होगा जब हम इसे समाप्त करना चाहेंगे।

Beer Hall in Munich

A chilly night found me moving towards a beer hall. Well, that is not the important part; it's probably an everyday occurrence in Germany. I was happy that, during this period of economic uncertainty, I could afford a beer while randomly visiting various establishments. I didn't have any responsibilities, so it was easy for me to be at any one of them, enjoying a beer, discussing politics, and sharing my thoughts on what was needed for our economy. Afterward, I still had some money left to pick up a girl on the way and enjoy my night. Most of the time, I was a baseless opinion maker, listening to people, picking up pointers, and then adding various points from different conversations, stating them out loud—not just loudly, but in a convincing way. This was also part of my plan to attract a few noble women to the hall, hoping to make the night fun and filled with romance. The best part? No money lost at that point.

But on November 8, 1921, this beer hall would be different for me; it would change my outlook entirely. I entered to find it already crowded and buzzing with people. I spotted a few individuals from various political parties. It was a sight to behold! What if my views aligned with theirs? It could lead not just to a life of ease but also to a door opened to power, women, and money—the best cocktail one could desire. There were many beautiful women around, and spending a few nights with one of them could lead me to my dream lady, complete with wealth and fortune.

So, what next? With all these plans in mind, I noticed a small, highlighted figure with a tiny moustache. I wasn't sure who he was at the time, but I would soon learn his name: Adolf Hitler. He sat alone, and I thought, if I wanted to make an impression on anyone, why not approach this seemingly weak man who appeared to have limited political sense? If I could absorb his knowledge and make it my own, I could gather insights from various sources and make a meaningful impact.

However, I felt foolish in front of Hitler. What began as a discussion quickly turned into a point-by-point debate about inflation, job losses, and the depletion of Germany's resources. He spoke passionately about the shame placed on Germany by the Treaty of Versailles, which had plundered the nation's wealth after World War I. He also discussed the Jews, whom he claimed had taken over Germany. The Aryans, who were supposed to be the superior race, were now lost.

I was so captivated by his ideas that I couldn't realise my own thoughts were being crushed. It felt as if my very existence was being choked to death, slowly and steadily, under the pressure of his arguments. Every time I thought I could counter him, he would retaliate with an even stronger point. This small-time soldier, with his speaking and writing skills, was surprisingly hard-hitting. His charisma completely overshadowed me, and while I wanted to confront him, I found myself unable to do so. I kept listening, feeling a mad reality crash down on me. Part of me wanted to fight his battle, but another part longed for freedom.

That's when I noticed a beautiful lady at the bar, seemingly alone while her husband mingled with other political party members. She caught my eye, and I saw my chance. I interrupted Hitler's monologue and moved to the bar to meet her, hoping to fulfil at least one of my objectives for the night. I started with some small talk. Initially, she seemed distant, but she was gorgeous, wearing a deep-necked pink gown, with beautiful eyes and the juiciest lips I had ever seen. I could tell she was frustrated, and when I turned to see why, I noticed something odd: Hitler was standing on a table, engulfed in rage and shouting. He was beginning to draw people in like a magnet, but not her. I sensed she wanted to escape the hatred he was spreading, which is why she had distanced herself from her husband.

Suddenly, I heard her say, "Let's go someplace else where we can breathe." For the first time, I realised the level of hatred Hitler was inciting. Yes, he was gathering a crowd to speak, and a political party was forming around him, but I understood that this was not the way. The extermination of a group of people was not the solution to Germany's issues.

We remained at the beer hall, listening to the roars and cheers, me with the most beautiful woman in the hall, torn between her urge to leave and my confusion about what to do. Then, she whispered in my ear, "Take me to your place and you will have the best night, I promise." I had no reason to hesitate, so we settled the bill and were about to exit when I asked, "What about your husband?" She replied, "By the looks of it, he'll be lost in the intrigue of power and the allure of other women after a few drinks. I know from experience."

We ran to the sleaziest hotel nearby and took a room, as she didn't want to go home due to the numerous staff members there. I also didn't want to take her to my place, given my recent reputation as a womaniser. We reached our room, and as she unlocked the door, I made sure she was unzipped as well. Once inside, she was partially nude, and she turned to undress me. We had the best night ever, but I soon realised I had probably fallen for a married woman, which would complicate things. I decided it would be a one-night affair and nothing more.

So, a one-night encounter with an amazing woman I met in a beer hall, who came with her husband, who was lost in Hitler's speech, turned into a complicated situation. I found myself in love with her. It felt like a movie, but it was my life. I continued visiting other beer halls, still engaging in political discussions, but I stopped pursuing women, as I was deeply in love. To my surprise, I saw her often, as Hitler was also gaining momentum with his party.

On March 4, 1922, I crossed paths with my love, Mary, and her husband, Thomas, for the first time since that beautiful night on November 8. He was eagerly awaiting Hitler's appearance, constantly checking the door. I tried to make small talk about politics, but my views paled in comparison to Hitler's. Eventually, Thomas realised he was in the wrong hall and rushed off, leaving Mary and me alone. She had questions for me, and I sensed she was tired of her life of riches without love. We decided to enter a relationship that likely had no future. Still, our emotional and physical connection was strong, and it flourished until November 8, 1923, when Hitler staged a coup against the government.

During our time together, Mary and I discussed politics, but not as viciously as Hitler did. Mary was Jewish and never believed that Jews were responsible for Germany's weakness; she thought it was due to the government's failures. Our love blossomed, but it was shrouded in secrecy, and I feared it would end without warning.

On the day of the coup, which would be remembered for different reasons, Thomas was in a hurry, as Mary told me. We had planned to meet at the nearest beer hall to spend time together. It was not just a physical love; we had developed an emotional connection. During our time together, we realised the coup was imminent, as Mary sensed Thomas's urgency. He was carrying a gun to the meeting he was attending.

Blinded by love, we focused on ourselves, enjoying our wine, and decided to call it a night. It was an amazing evening filled with emotional closeness, not just physical desire. However, when Mary returned home, she was met with horror. Her life fell apart that night, just as the foundation of our love did. Thomas was charged with treason, and in a police shootout, he was killed. Mary held Hitler responsible for brainwashing her husband and for her loss. However, the greater tragedy was that Mary lost her feelings for our relationship, sensing that something worse was about to happen due to the coup.

The coup engulfed not just individuals but also the relationships connected to them. My entire life was shattered; returning to my former lifestyle was not an option. I had to be smart, information-driven, and methodical to make a better living. Meeting Mary became increasingly difficult; she was avoiding my calls, and visiting her home was challenging due to the presence of servants and police, as Thomas had been declared a traitor.

In February 1924, I saw Mary leaving for the Munich court. I followed her and sat a few benches behind her to avoid drawing attention. Before Hitler could start his legendary speech in court, a horror unfolded. Mary stood up and began chanting slogans: "Hang the murderer! The killer! The enemy of our families!" I was shocked; she was doing this for a husband she had grown distant from. With a heavy heart, I realised that our relationship had never truly been built on love. It had been a sudden chemical rush that led us to where we stood.

I didn't wait to see what happened to Mary and left the courtroom. She was arrested and held for three days for contempt of court, supporting a traitor. Heartbroken, I continued my work, believing my romantic life was over and that I had lost all faith. I knew I might have broken many homes, but now I was on the receiving end.

In April 1924, I heard that Hitler had been sentenced to only five years in prison, receiving fan mail in the millions while still running his propaganda from behind bars. He realised he couldn't stage a coup but could instead infiltrate the government to achieve his larger goals. Meanwhile, Hitler's supporters were looking for Mary to settle the score for her courtroom outburst, and atrocities against Jews were escalating.

One day, I ran into Mary as she was being chased by Hitler's supporters outside a Jewish store she frequented. I remember the date: August 17, 1924. I helped her escape and suggested she move into my neighbourhood, the last place they would think to look for Jews. She agreed, and we lived close by for almost three years until December 1927. Our relationship had transformed into a friendship; we were there for each other in times of need. Occasionally, old feelings would resurface, but they would quickly subside.

We lived in a state of horror, with Mary mostly in hiding for those three years. In December 1924, the Supreme Court pardoned and released Hitler. While he was busy consolidating his Nazi party from 1925, shocking news emerged: in 1930, they came to power, and Jews were in grave danger. I closely monitored the timeline, anticipating that something drastic would happen to allow Hitler to gain such power, which unfolded in a two-step process. First, the parliament building mysteriously caught fire one night, and the blame fell on a Jewish man who was caught at the scene. Second, pressure and scrutiny on the Jewish population intensified. I felt a chill and went to talk to Mary, fearing that something terrible was about to happen. We had a long discussion; she wanted to stand her ground and fight for her rights as a Jew. I tried to explain my fears, but she dismissed them. In November 1938, ghettos were established, and Jews were slowly being relocated after the invasion of Poland in September 1939. The checks became increasingly intense, and one day, when Mary went to the market in November 1939, she was arrested on the street and taken to the ghetto. That's when our love reignited; I was deeply concerned for her and searched for her in every ghetto near Munich.

With no information about her whereabouts, I was heartbroken. As the invasion escalated into a world war, I felt utterly lost. Today is March 4, 1944. I don't know where Mary is or if she is alive or dead. Did she succumb to the atrocities inflicted by the people in the ghettos or the SS army? This is William, and I have searched for Mary tirelessly. The pain is unbearable, and it's time for me to sleep forever. I hope she remembers me if she is alive. I just wish I could meet her again in a beer hall in Munich, where we could drink wine and deeply converse about her beautiful eyes, and then feel our bodies ignite with passion once more. I sip my last drink; the horrors of war are too much to bear. This wine, laced with cyanide, is an easy choice for my end. Meet you in the next life, Mary.

म्यूनिख का बीयर हॉल

एक ठंडी रात में मैं एक बीयर हॉल की ओर बढ़ रहा था। खैर, यह महत्वपूर्ण हिस्सा नहीं है; यह शायद जर्मनी में हर दिन की बात है। मैं खुश था कि इस आर्थिक अनिश्चितता के दौर में मैं एक बीयर खरीदने में सक्षम था, विभिन्न स्थानों पर घूमते हुए। मेरे पास कोई जिम्मेदारी नहीं थी, इसलिए यह सुनिश्चित करना आसान था कि मैं उनमें से किसी एक में रहूं, बीयर का आनंद लूं, राजनीति पर चर्चा करूं और यह साझा करूं कि हमारी अर्थव्यवस्था के लिए क्या आवश्यक है। इसके बाद, मेरे पास रास्ते में किसी लड़की को पटकने के लिए भी कुछ पैसे बचे रहते थे और अपनी रात का आनंद लेता था। ज्यादातर समय, मैं एक बिना-आधार वाली राय बनाने वाला होता था, लोगों को सुनता था, संकेत उठाता था और फिर विभिन्न वार्तालापों से विभिन्न बिंदुओं को जोड़कर उन्हें जोर से कहता था – न केवल जोर से, बल्कि एक विश्वसनीय तरीके से। यह भी मेरी योजना का हिस्सा था कि कुछ प्रतिष्ठित महिलाओं का ध्यान अपनी ओर आकर्षित कर सकूं, उम्मीद करता था कि रात मजेदार और रोमांचक होगी। सबसे अच्छी बात? उस समय मैंने कोई पैसा नहीं खोया।

लेकिन 8 नवंबर, 1921 को, यह बीयर हॉल मेरे लिए अलग होगा; यह मेरी दृष्टि को पूरी तरह से बदल देगा। मैं अंदर गया और पाया कि यह पहले से ही भीड़ से भरा हुआ था और लोगों की गूंजों से गूंज रहा था। मैंने कुछ राजनीतिक पार्टियों के कुछ लोगों को देखा। यह देखने के लिए एक दृश्य था! अगर मेरे विचार उनके साथ मेल खाते हों, तो क्या होगा? यह न केवल आराम की जिंदगी की ओर ले जा सकता है, बल्कि शक्ति, महिलाओं और पैसे के लिए एक दरवाज़ा भी खोल सकता है–सबसे अच्छा कॉकटेल जो कोई भी चाह सकता है। चारों ओर कई खूबसूरत महिलाएं थीं, और उनमें से किसी के साथ कुछ रातें बिताने से मुझे अपनी सपनों की महिला मिल सकती थी, जो धनवान हो।

तो, अगला क्या? इन सभी योजनाओं के साथ, मैंने एक छोटा, हाइलाइटेड व्यक्ति को देखा, जिसकी छोटी सी मूँछ थी। उस समय मुझे नहीं पता था कि वह कौन है, लेकिन जल्द ही मैं उसका नाम जान गया: एडॉल्फ हिटलर। वह अकेला बैठा था, और मैंने सोचा, अगर मुझे किसी पर प्रभाव डालना है, तो क्यों

न मैं इस कमजोर दिखने वाले व्यक्ति के पास जाऊँ, जिसके पास शायद बहुत सीमित राजनीतिक ज्ञान था? अगर मैं उसकी जानकारी को आत्मसात कर लूँ और इसे अपना बना लूँ, तो मैं विभिन्न तालिकाओं से जानकारी इकट्ठा कर सकता था और प्रभाव डाल सकता था।

हालांकि, मैं हिटलर के सामने मूर्ख महसूस कर रहा था। जो चर्चा शुरू हुई, वह जल्दी ही मुद्राओं पर बिंदुवार बहस में बदल गई, जिसमें महंगाई, नौकरी की कमी और जर्मनी के संसाधनों की कमी पर चर्चा हुई। उसने वर्साय की संधि द्वारा जर्मनी के चेहरे पर लगे कलंक के बारे में भावुकता से बात की, जिसने प्रथम विश्व युद्ध के बाद देश की संपत्ति को लूट लिया था। उसने यह भी कहा कि यह यहूदी हैं, जिन्होंने जर्मनी पर कब्जा कर लिया है। आर्यन, जो जर्मनी में श्रेष्ठ जाति माने जाते थे, अब खो गए हैं।

मैं उसकी विचारधाराओं में इतना खो गया था कि मुझे विश्वास नहीं हो रहा था कि मेरे विचार दबाए जा रहे हैं। ऐसा लग रहा था जैसे मेरी पूरी अस्तित्व को धीरे-धीरे और लगातार घुटन दी जा रही हो। हर बार जब मुझे लगता कि मैं उसका विरोध कर सकता हूं, वह और भी मजबूत तर्क के साथ पलटवार करता। यह एक छोटे समय का सैनिक, अपनी बोलने और लिखने की क्षमताओं के साथ, कितनी कठोरता से बात कर रहा था, यह मेरी हैरानी का विषय था। उसकी करिश्माई व्यक्तित्व मुझ पर पूरी तरह से हावी हो गया, और जबकि मैं उसे चुनौती देना चाहता था, मैं ऐसा नहीं कर सका। मैं सुनता रहा, और एक पागल वास्तविकता मुझ पर टूट पड़ी। एक हिस्सा चाहता था कि मैं उसकी लड़ाई लड़ूं, लेकिन एक और हिस्सा स्वतंत्रता की इच्छा कर रहा था।

तभी मैंने बार में एक खूबसूरत महिला को देखा, जो अपने पति के साथ अन्य राजनीतिक पार्टियों के सदस्यों से मिल रही थी। वह मेरी नजर में आ गई, और मैंने देखा कि यह मेरा मौका है। मैंने हिटलर की बातों को बाधित किया और उससे मिलने के लिए बार की ओर बढ़ा, यह उम्मीद करते हुए कि कम से कम रात का एक उद्देश्य पूरा हो सके। मैंने उससे थोड़ी बातचीत शुरू की। शुरू में वह थोड़ी दूर थी, लेकिन वह खूबसूरत थी, गहरे गुलाबी रंग की, गले तक खुली गाउन में, खूबसूरत आँखों और सबसे रसीले होंठों के साथ। मुझे पता था कि वह परेशान है, और जब मैंने देखा कि क्यों, तो मैंने कुछ अजीब देखा: हिटलर गुस्से में था और मेज पर खड़ा होकर चिल्ला रहा था। वह भविष्य में बनने वाले सैन्य नेता की तरह लग रहा था, और मुझे अपनी शक्ति पाने की योजना से ध्यान खो गया। मैंने महसूस किया कि वह धीरे-धीरे लोगों को अपनी ओर खींच रहा था, जैसे वह एक चुंबक हो रहा हो, लेकिन उस महिला को नहीं। मुझे नहीं लगता कि वह उस घृणा के माहौल में रहना चाहती थी, और

तभी मैंने उसे कहते सुना, “चलो कहीं और चलते हैं, जहाँ हम थोड़ी सांस ले सकें।”

पहली बार मैंने महसूस किया कि हिटलर कितनी घृणा फैला रहा था। हाँ, वह बोलने के लिए एक भीड़ इकट्ठा कर रहा था, और उसके चारों ओर एक राजनीतिक पार्टी बन रही थी, लेकिन मैंने समझा कि यह सही तरीका नहीं था। किसी समूह के विनाश का समाधान नहीं हो सकता था।

हम अभी भी बीयर हॉल में थे, उस सबसे खूबसूरत महिला के साथ, जो काउंटर पर खड़ी थी, उसके जाने की इच्छा और मेरे मन में क्या करना है** के** बीच में। अचानक, मैंने उसके कान में फुसफुसाते सुना, “मुझे अपने घर ले चलो, और तुम सबसे बेहतरीन रात का आनंद लोगे, मैं वादा करती हूँ।” अब मेरे पास कोई कारण नहीं था कि मैं न रुकूं, इसलिए हमने बिल चुकाया और बाहर निकलने वाले थे जब मैंने पूछा, “तुम्हारा पति क्या करेगा?” उसने कहा, “देखो, वह शक्ति और अन्य महिलाओं के प्रति आकर्षण में खो जाएगा, मुझे अनुभव से पता है।”

हम पास के सबसे सस्ते होटल की ओर दौड़े और कमरे की चाबी ली, क्योंकि वह अपने घर नहीं जाना चाहती थी – वहाँ बहुत सारे घरेलू कर्मचारी थे। मैं भी उसे अपने घर नहीं ले जाना चाहता था, क्योंकि मेरी हाल की छवि एक महिला-प्रेमी की थी। हम कमरे के करीब पहुँचे, और तभी हमारे बीच एक गहरा आकर्षण उभर आया। हम धीरे-धीरे करीब आते रहे। दरवाज़े पर, जब वह ताला खोलने की कोशिश कर रही थी, हमारे बीच की दूरी लगभग मिट चुकी थी। जैसे ही हम अंदर गए, माहौल में एक अजीब-सी निकटता थी, और उसने मुझे भी सहज होने को कहा। वह रात हमारे लिए यादगार बन गई, लेकिन मुझे जल्द ही एहसास हुआ कि मैं शायद एक विवाहित महिला के प्रति भावनाएँ विकसित कर चुका था – जो चीज़ों को बहुत जटिल बना देती। मैंने तय किया कि यह बस एक ही रात की बात होगी, और उससे ज़्यादा कुछ नहीं।

तो, एक बीयर हॉल में एक अद्भुत महिला के साथ एक रात का अनुभव, जो अपने पति के साथ आई थी, जो हिटलर की बातों में खोया हुआ था, अब एक जटिल स्थिति में बदल गया। मैं उसके प्यार में पड़ गया। यह एक फिल्म की तरह लग रहा था, लेकिन यह मेरी ज़िंदगी थी। मैंने अन्य बीयर हॉलों में जाना जारी रखा, अभी भी राजनीतिक चर्चाओं में शामिल रहता था, लेकिन महिलाओं के मामले में रुक गया, क्योंकि मैं उससे बहुत प्यार में था। मेरी आश्चर्य की बात यह थी कि मैं उसे अक्सर देखता था, क्योंकि हिटलर भी अपनी पार्टी के साथ आगे बढ़ रहा था।

4 मार्च 1922 को, मैं अपनी प्रेमिका मैरी और उसके पति थॉमस से फिर से मिला, पहली बार उस खूबसूरत रात के बाद 8 नवंबर 1921 को। वह हिटलर के आने की उम्मीद में दरवाजे की ओर देख रहा था। मैंने राजनीति के बारे में थोड़ी बात करने की कोशिश की, लेकिन मेरे विचार हिटलर के विचारों के सामने फीके पड़ गए। धीरे-धीरे, मुझे लगता है कि थॉमस को एहसास हुआ कि वह गलत हॉल में था, और वह उस जगह की ओर भाग गया, जहां भीड़ होती, मुझे और मैरी को अकेला छोड़कर। अब मैं उसके सवालों का सामना कर रहा था, क्योंकि मैं गायब हो गया था, और वह मुझसे और अधिक चाहती थी। मुझे लगता है कि वह भी अपने जीवन से थक गई थी, जिसमें सारा धन था, लेकिन प्यार नहीं था, और वह भी मेरे प्यार में पड़ गई थी। मेरी व्याख्याएं काम नहीं आईं, और हमने अंततः एक ऐसे रिश्ते में रहने का फैसला किया, जिसमें शायद कोई भविष्य नहीं था। फिर भी, हमारा भावनात्मक और शारीरिक संबंध अच्छा था, और यह बढ़ता रहा, जब तक कि हम 8 नवंबर 1923 को उस नए सैन्य नेता के उभरने के बारे में नहीं जान गए, जिसने सरकार के खिलाफ तख्तापलट करने का फैसला किया – हिटलर।

हमारे प्यार के समय में, मैं और मैरी राजनीति के बारे में बात करते थे, लेकिन हिटलर की तरह क्रूरता से नहीं करते थे। मैरी एक यहूदी थी और कभी नहीं मानती थी कि जर्मनी यहूदियों के कारण कमजोर था; बल्कि वह मानती थी कि यह सरकार की विफलताओं के कारण था। एक ऐसा प्यार जो मुझे राजनीतिक दृष्टिकोण से जोड़ता था, और अब मैं एक साधारण व्यक्ति बनने की ओर बढ़ रहा था – जो जानकारी ग्रहन करने वाला नहीं, बल्कि खोजने वाला बन रहा था और उस पर अपने विचार या निर्णय बना रहा था। एक ऐसा प्यार जो खिल रहा था, लेकिन इतनी गुप्तता में था कि अचानक यह बिना किसी चेतावनी के टूट जाएगा।

तख्तापलट के दिन, जिसे हम विभिन्न कारणों से याद करते हैं, थॉमस उस दिन जल्दी में था, जैसा कि मैरी ने कहा। हमने भी निकटतम बीयरहॉल में मिलने की योजना बनाई थी। अब यह केवल शारीरिक प्यार नहीं था; हमारे बीच एक भावनात्मक संबंध विकसित हो गया था। उस समय जब हमने तख्तापलट के बारे में जानकारी पाई थी, तो मैरी ने थॉमस की जल्दी से यह महसूस किया कि वह भी उस बैठक में बंदूक लेकर जा रहा था।

बिना किसी विचार के और प्यार में अंधे होकर, हम केवल अपने बारे में चिंतित थे और हम अपनी वाइन का आनंद ले रहे थे, फिर रात को समाप्त करने का फ़ैसला किया। यह एक अद्भुत रात थी, क्योंकि हम दोनों के बीच इतनी भावनात्मक निकटता थी, न कि केवल शारीरिक इच्छा। जब वह पर

पहुंची, तो उसे आतंक का सामना करना पड़ा। उसकी ज़िंदगी उस रात बिखर गई, ठीक उसी तरह जैसे हमारे प्यार की नींव भी। थॉमस पर देशद्रोह का आरोप लगाया गया, और पुलिस की गोलीबारी में उसकी मौत हो गई। मैरी ने हिटलर को अपने पति के मस्तिष्कधोने [ब्रेनवॉश] के लिए और अपनी हानि के लिए जिम्मेदार ठहराया। लेकिन बड़ा दुख यह था कि मैरी ने हमारे रिश्ते के प्रति अपने भाव खो दिए, जैसे कि उसे महसूस हुआ कि इस तख्तापलट के परिणामस्वरूप कुछ और बुरा होने वाला है।

इस तख्तापलट ने न केवल व्यक्तियों को प्रभावित किया, बल्कि उनसे जुड़े रिश्तों को भी। मेरा पूरा जीवन बिखर गया; अपने पूर्व जीवनशैली में लौटना अब एक विकल्प नहीं था। मुझे चतुर, जानकारी-आधारित और विधिपूर्वक होना था, ताकि मैं बेहतर जीवन यापन कर सकूं। मैरी से मिलना अब कठिन हो गया था; वह मेरे फोन का जवाब नहीं दे रही थी, और उसके घर जाना मुश्किल था, क्योंकि वहां सभी सेवक और पुलिस थी, क्योंकि थॉमस को देशद्रोही घोषित किया गया था।

फरवरी 1924 में मैंने मैरी को म्यूनिख कोर्ट के लिए जाते देखा। मैंने उसका पीछा किया और उसके पीछे कुछ बेंचों पर बैठ गया ताकि ज्यादा ध्यान न खींच सकता। इससे पहले कि हिटलर अपने प्रसिद्ध भाषण की शुरुआत कर पाता, एक आतंक हुआ। मैरी खड़ी हो गई और चिल्लाने लगी, "फांसी दो हत्यारे को! हमारे परिवारों के दुश्मन को!" मैं चौंक गया; वह अपने पति के लिए ऐसा कर रही थी, जिससे वह दूर हो गई थी। भारी दिल के साथ, मैंने महसूस किया कि हमारा रिश्ता कभी भी सच्चे प्यार पर आधारित नहीं था। यह एक अचानक रासायनिक उछाल था जिसने हमें इस स्थिति में पहुंचा दिया।
मैंने यह देखने के लिए इंतजार नहीं किया कि मैरी का क्या हुआ और कोर्टरूम छोड़ दिया। मैरी को तीन दिनों के लिए अदालत की अवमानना के लिए गिरफ्तार किया गया, क्योंकि उसने एक देशद्रोही का समर्थन किया था। एक टूटे दिल के साथ, मैंने अपने काम को जारी रखा, यह सोचते हुए कि मेरे लिए महिलाओं के साथ जीवन खत्म हो गया है और मैंने अब सभी विश्वास खो दिया है। मुझे पता था कि मैंने कई घरों को तोड़ा होगा, लेकिन अब मैं खुद को एक अंतहीन स्थिति में देख रहा था।

अप्रैल 1924 में, मैंने सुना कि हिटलर को केवल पांच साल की जेल की सजा दी गई थी, जिसमें लाखों प्रशंसापत्र मिल रहे थे, और वह जेल से अपनी प्रचार गतिविधियों को जारी रखे हुए था। उसने अब समझ लिया था कि वह तख्तापलट नहीं कर सकता, बल्कि सरकार में शामिल होकर अपने बड़े लक्ष्य को प्राप्त कर सकता है। दूसरी ओर, हिटलर के लोग मैरी की तलाश कर रहे

थे ताकि अदालत में अपमान का बदला लिया जा सके, और यहूदियों के खिलाफ अत्याचार बढ़ रहे थे।

एक दिन, मैं मैरी से मिला जब वह एक यहूदी दुकान के बाहर हिटलर समर्थकों द्वारा पीछा की जा रही थी। मुझे उस दिन की तारीख याद है: 17 अगस्त, 1924। मैंने उसकी मदद की और उसे अपने पड़ोस में जाने के लिए कहा, क्योंकि यह वह आखिरी जगह थी जहां वे यहूदियों को खोजते। उसने ऐसा किया, और हम लगभग तीन साल तक, दिसंबर 1927 तक करीब रहे। हमारा रिश्ता पहले जैसा नहीं रहा; हम दोस्त बन गए थे, जो जरूरत पड़ने पर एक-दूसरे की मदद करते थे। मुझे लगता है कि हम दोनों ने एक-दूसरे में प्यार और विश्वास खो दिया था। कभी-कभी पुराना प्यार उभरता, लेकिन वह जल्दी ही खत्म हो जाता।

हम पहले से ही एक भय में जी रहे थे, मैरी ज्यादातर छिपकर रह रही थी। दिसंबर 1924 में, सुप्रीम कोर्ट ने हिटलर को बरी कर दिया। जबकि हिटलर 1925 से अपनी नाज़ी पार्टी को मजबूत कर रहा था, 1930 में एक और चौंकाने वाली खबर आई: वे सत्ता में आ गए और धीरे-धीरे यहूदियों को खतरे में डाल दिया। अब मैं हर समय की समयरेखा को देख रहा था, यह उम्मीद करते हुए कि कुछ नाटकीय होगा जिससे हिटलर को इतनी शक्ति मिलेगी, जो दो चरणों में हुआ। पहले, संसद भवन एक रात अचानक जल गया, और उस व्यक्ति पर आरोप लगा जो वहाँ पकड़ा गया, यह मानते हुए कि वह एक यहूदी था। दूसरा, यहूदियों की जनसंख्या पर दबाव और जांच बढ़ गई। मुझे ठंड का एहसास हुआ और मैंने मैरी से बात करने का फैसला किया, क्योंकि मुझे डर था कि कुछ भयानक होने वाला है। मैंने और मैरी ने इस विषय पर लंबी चर्चा की, और उसने अपने अधिकारों तथा यहूदियों के लिए लड़ने की अपनी इच्छा व्यक्त की। मैंने उसे समझाने की कोशिश की कि मुझे डर है कि बहुत सारे अत्याचार होने वाले हैं, लेकिन उसने मेरी बातों को नज़रअंदाज़ कर दिया। । नवंबर 1938 में, यहूदियों के लिए गेट्टो बनाए गए, जहाँ उन्हें धीरे-धीरे स्थानांतरित किया जाने लगा, पोलैंड पर आक्रमण के लगभग एक महीने बाद, सितंबर 1939 में। जांचें और भी कठोर हो गईं, और एक दिन, जब मैरी नवंबर 1939 में बाज़ार गई, तो उसे गिरफ्तार कर लिया गया और गेट्टो में ले जाया गया**। तभी** हमारा प्यार फिर से जाग उठा; मैं उसकी चिंता में डूब गया और उसे खोजने लगा, लेकिन मैं म्यूनिख के क्षेत्र के किसी भी गेट्टो में उसे नहीं ढूंढ सका। उसकी स्थिति के बारे में कोई जानकारी न मिलने पर, मैं टूट गया। जैसे-जैसे आक्रमण धीरे-धीरे एक विश्व युद्ध में बदलता गया, मैं खुद को पूरी तरह खोया हुआ महसूस करने लगा।

आज 4 मार्च, 1944 है। मुझे नहीं पता कि मेरी मैरी कहाँ है – क्या वह जीवित है या नहीं। क्या वह गेट्टो में हुए अत्याचारों में फँसी, या एसएस सेना के हाथों उसे कोई नुकसान पहुँचा? मैं विलियम हूँ, और मैंने अपनी मैरी को हर जगह खोजा है। यह दर्द अब भी असहनीय है। मैं केवल यही आशा करता हूँ कि अगर वह कहीं जीवित है, तो मुझे याद करती होगी। मैं बस यह चाहता हूँ कि हम फिर से म्यूनिख के किसी बीयर हॉल में मिल सकें – जहाँ हम वाइन पी सकें, उसकी खूबसूरत आँखों के बारे में गहराई से बात कर सकें, और अपने बीते पलों की गर्माहट को फिर से महसूस कर सकें।

A Rainy Day

It was a sunny day on the 4th of March 2022. It never felt that the sun, which had come out with all its shine, would ever be hidden by any kind of clouds. I saw the clouds hovering around, but still felt it would be okay to see the sun through them. On the terrace, there were some clothes left to dry. I never knew that they would first endure the harsh rain and then be coloured in blood red, becoming a reminder of trauma for the rest of my life.

So, what happened that changed the course of life? The day was shining bright, but at 11:00 a.m., near my society complex —a small suburb with buildings around and houses in between —we heard some gunshots. It was not very unusual to hear the sound of guns, as we often heard news of local gang fights in the area. Initially, a lady living alone would be scared, but at the age of 52, it was not a new thing for me. I also knew that someday I might be caught in the crossfire between gang wars or be a human shield for a gangster if they faced an encounter with the police.

Nevertheless, this day would be different for me. At around 11:25 a.m., the gunshots stopped, which gave me some relief but also anxiety. As if I were a military commander, I wondered why it happened and why it stopped. But at 11:30, I left the thought and said, "Forget it, I am better off without these thoughts." Slowly limping and walking towards the kitchen, I heard a big knock at my door, which kept on happening until I reached the door. To my shock, I saw Chotu from the general store holding a packet of white powder and a wound on his leg.

After this, the cloud cover got intense, and I heard the news van making a loud noise. Getting Chotu in, who would be around 15 years old, I saw outside the window that they were reporting about a drug peddler who had been chased into my building and onto my floor. The gang that was after him had run away, led by Vilas, and the one he was involved with was run by another person named Chetan.

Chetan, a common name with no criminal record, because all his work was done by others, small teenagers like Chotu who were not seen as regular members, and no one suspected them, especially not Vilas. I never thought that Chotu would be involved. Soon, before any thoughts could align, the police came and announced that homes would be checked, and Chotu would be taken into custody. He was scared, and so was I. At that very moment, it became a rainy day for me as rain started to pour, and my next shock was seeing the simple Chotu with a gun.

A gun, yes, you heard it right. A simple worker at a general store who was so polite and nice to everyone, so helpful and respectful, was first a gangster, then a drug peddler, and now had an illegal gun. I was lost in thought, but when the police surrounded the building and asked for a surrender, his answer was, "No, these are Vilas's people, and I am not going down without a fight." I said, "Fight? This is not a war; it is suicide. You are wounded and will slowly die. Who will take care of you?" He said, "I just need to reach the terrace and jump to the other building. I've done that many times to save myself." I said, "That was when you were 100% fit, and it wasn't raining. Now you should surrender and get help." He said, "If I surrender, either Vilas will kill me in jail or Chetan will. I must try to escape and then leverage the drugs for my release." I was stupid to think this might work. Chotu never told me he had only two bullets with him. I slowly helped him get to the terrace, where, at the end, he pushed me down so that the police would not see who was helping him. The moment he came out, he saw that the police had really surrounded him from all sides.

It was 12:00 on the 4th of March 2022. Heavy rain poured down as police surrounded the building, with news vans broadcasting the scene live. On the terrace, wet clothes hung in the wind. The boy who was once kind to everyone was now ready to fight with only two bullets against thousands. Two gangs were at war, and I, after being pushed down the staircase, was climbing back up to see what was happening at that doomed place—a mistake I would never forget. What I saw next was horror and shock, something that will stay with me forever. No one knew which house Chotu went into or who helped, but deep inside, I knew that I could never help him. I was just horrified when I pushed the door to the terrace and got a little glimpse. Looking at all the police, he turned the barrel of the gun towards himself, placed it near his forehead, and fired. Blood was spilled all over the clothes. It was not the police bullet but his own. After this, some fired at his dead body to make sure he was dead and claimed victory in front of the media.

My name is Manasvi. This is my rainy day, not just from the clouds in the form of water but also in the form of tears I had for that entire day. The date is forever engraved in my mind and will probably go down with me when I die, which I always hope is the very next day after what I saw. Thunder scares me, and raindrops feel like knives that go through me. I am left with a question to think about: could I have saved that life by helping him to surrender, or was his fate sealed to die?

बरसात का दिन

यह 4 मार्च, 2022 की शुरुआत में एक धूप वाला दिन था। ऐसा कभी नहीं लगा था कि सूरज, जो अपनी पूरी चमक के साथ निकला था, कभी बादलों में छिप जाएगा। मैंने बादलों को चारों ओर मंडराते हुए देखा, लेकिन फिर भी लगा कि सूरज दिखता रहेगा। छत पर कुछ कपड़े सूखने के लिए रखे थे। मुझे कभी नहीं पता था कि वे पहले भारी बारिश का सामना करेंगे और फिर खून से लाल हो जाएंगे, जो मेरे लिए जीवन भर के लिए एक आघात का अनुस्मारक बन जाएंगे।

तो, उस दिन क्या हुआ जिसने जीवन की दिशा बदल दी? दिन उज्ज्वल हो रहा था, लेकिन सुबह 11:00 बजे हमारे समाज परिसर के पास — जो इमारतों और घरों के बीच एक छोटा सा उपनगर है — हमने कुछ बंदूक की आवाजें सुनीं। यह बंदूकों की आवाज सुनना बहुत असामान्य नहीं था, क्योंकि हमें अक्सर इलाके में स्थानीय गिरोह के झगड़ों की खबरें मिलती थीं। शुरू में, एक अकेली रहने वाली महिला डर सकती थी, लेकिन 52 साल की उम्र में यह मेरे लिए कोई नई बात नहीं थी। मुझे यह भी पता था कि किसी दिन मुझे गैंग वार के क्रॉसफायर में पकड़ा जा सकता है या अगर वे पुलिस के साथ मुठभेड़ में हों तो गैंगस्टर के लिए मानव ढाल बन सकती हूँ।

फिर भी, यह दिन मेरे लिए कुछ अलग होने वाला था। करीब 11:25 बजे गोलीबारी बंद हो गई, जिससे मुझे कुछ राहत मिली लेकिन साथ ही चिंता भी हुई। जैसे मैं एक सैन्य कमांडर था, मैंने सोचा कि यह क्यों हुआ और क्यों बंद हो गया। लेकिन 11:30 बजे मैंने विचार छोड़ दिया और कहा, "इसे भूल जाओ, मुझे इन विचारों के बिना ही बेहतर होगा।" धीरे-धीरे लंगड़ाते हुए रसोई की ओर बढ़ते हुए, मैंने दरवाजे पर एक जोरदार दस्तक सुनी, जो तब तक होती रही जब तक मैं दरवाजे पर नहीं पहुंच गई। जब मैंने दरवाजा खोला, तो मुझे चौंकाते हुए चोटू को देखा, जो जनरल स्टोर से एक सफेद पाउडर का पैकेट और अपनी टांग पर घाव लिए खड़ा था।

इस घटना के बाद, बादल और घने हो गए, और मैंने समाचार वैन की तेज़ आवाज सुनी। करीब 15 साल के चोटू को अंदर लाते हुए, मैंने खिड़की से बाहर देखा कि वे एक ड्रग पेडलर के बारे में रिपोर्ट कर रहे थे, जिसे मेरे

भवन में और मेरी मंजिल पर पकड़ा गया था। वह गिरोह जो उसके पीछे था भाग गया था, जिसका नेतृत्व विलास कर रहा था, और वह जिस व्यक्ति से जुड़ा था, उसका नाम चेतन था।

चेतन, एक सामान्य नाम, जिसका कोई आपराधिक रिकॉर्ड नहीं था, क्योंकि उसके सारे काम दूसरों द्वारा किए जाते थे — छोटे किशोरों की तरह, जैसे चोटू, जो नियमित सदस्यों के रूप में नहीं देखे जाते थे, और कोई भी उन पर संदेह नहीं करता था, विशेष रूप से विलास ने नहीं किया। मैंने कभी नहीं सोचा था कि चोटू शामिल होगा। जल्द ही, विचारों के संगठित होने से पहले, पुलिस आई और घोषणा की कि घरों की तलाशी ली जाएगी और चोटू को हिरासत में लिया जाएगा। वह डरा हुआ था, और मैं भी। उसी क्षण, यह मेरे लिए एक बरसाती दिन बन गया, क्योंकि बारिश शुरू हो गई, और मेरा अगला झटका यह था कि साधारण चोटू के पास एक बंदूक थी।

बंदूक, हाँ, आपने सही सुना। एक साधारण जनरल स्टोर का कर्मचारी, जो सभी के लिए इतना विनम्र और अच्छा था, बहुत सहायक और सम्मानित था, पहले एक गैंगस्टर था, फिर एक ड्रग पेडलर, और अब उसके पास एक अवैध बंदूक थी। मैं विचारों में खो गई थी, लेकिन जब पुलिस ने इमारत को घेर लिया और आत्मसमर्पण करने के लिए कहा, तो उसका जवाब था, "नहीं, ये लोग विलास के लोग हैं, और मैं बिना लड़ाई के नहीं जा रहा।" मैंने कहा, "लड़ाई? यह युद्ध नहीं है; यह आत्महत्या है। तुम घायल हो और धीरे-धीरे मर जाओगे। तुम्हारी देखभाल कौन करेगा?" उसने कहा, "मुझे बस छत तक पहुंचना है और दूसरी इमारत में कूदना है। मैंने खुद को बचाने के लिए यह कई बार किया है।" मैंने कहा, "यह तब था जब तुम 100% थे और बारिश नहीं हो रही थी। अब तुम्हें आत्मसमर्पण करना चाहिए और मदद लेनी चाहिए।" उसने कहा, "अगर मैं आत्मसमर्पण करता हूँ, तो या तो जेल में विलास मुझे मार डालेगा या चेतन मुझे मार डालेगा। मुझे भागने की कोशिश करनी चाहिए और फिर अपनी रिहाई के लिए ड्रग्स का इस्तेमाल करना चाहिए।" मैं यह सोचकर मूर्ख थी कि यह काम कर सकता है। चोटू ने मुझे कभी नहीं बताया कि उसके पास केवल दो गोलियां थीं। मैंने धीरे-धीरे उसे छत तक पहुँचने में मदद की, जहाँ अंत में उसने मुझे धक्का दिया ताकि पुलिस यह न देख सके कि उसे कौन मदद कर रहा है। जैसे ही वह बाहर आया, उसने देखा कि पुलिस ने सचमुच चारों तरफ से घेर लिया था।

तो, 4 मार्च, 2022 की दोपहर 12:00 बजे, भारी बारिश हो रही थी। पुलिस द्वारा घिरा हुआ एक भवन, समाचार वैन और लाइव रिपोर्टिंग, भीगे हुए कपड़ों वाली छत, एक व्यक्ति जो हमेशा सबके लिए अच्छा था और अब हजारों के साथ दो गोलियों के साथ लड़ाई के लिए तैयार था। दो अलग-अलग गैंग लार्डों

द्वारा चलाए गए गैंग, मुझे सीढ़ियों से धक्का दिया गया, लेकिन अब मैं लगभग वापस चढ़कर देख रहा था कि उन असुरक्षित जगहों पर चीजें कैसी हैं — यह सबसे बड़ी गलती थी जो मैंने की। मैंने जो अगला देखा, वह भय और सदमा था, कुछ ऐसा जो मेरे साथ हमेशा रहेगा। कोई नहीं जानता था कि चोटू किस घर में गया या किसने मदद की, लेकिन अंदर ही अंदर मुझे पता था कि मैं कभी उसकी मदद नहीं कर सकती थी। जब मैंने छत का दरवाजा धक्का दिया और थोड़ी सी झलक पाई, तो मैं बस भयभीत थी। सभी पुलिस को देखते हुए, उसने बंदूक की नली अपनी ओर मोड़ी, उसे अपने माथे के पास रखा और गोली चला दी। खून कपड़ों पर चारों ओर फैल गया। यह पुलिस की गोली नहीं थी, बल्कि उसकी खुद की थी। इस घटना के बाद, कुछ ने उसके मृत शरीर पर गोली चलाई ताकि यह सुनिश्चित किया जा सके कि वह मर गया है और मीडिया के सामने जीत का दावा किया।

मेरा नाम मनस्वी है। यह मेरा बरसाती दिन है, न केवल पानी के रूप में आसमान से, बल्कि पूरे दिन के लिए मेरे पास आँसुओं के रूप में भी। यह तिथि मेरे मन में हमेशा के लिए अंकित है और शायद मेरे साथ ही जाएगी जब मैं मर जाऊँगी, जो मैं हमेशा उम्मीद करती हूँ कि जिसके बाद अगला दिन न आए। गड़गड़ाहट मुझे डराती है, और बारिश की बूंदें मेरे माध्यम से एक चाकू की तरह जाती हैं। मैं एक सवाल के साथ छोड़ दी गई हूँ: क्या मैं उस जीवन को बचाने में मदद कर सकती थी, उसे आत्मसमर्पण करने में सहायता कर सकती थी, या उसकी किस्मत मरने के लिए मुहरबंद थी?

यह 4 मार्च 2022 की शुरुआत में एक धूप वाला दिन था। ऐसा कभी नहीं लगा था कि सूरज, जो अपनी पूरी चमक के साथ निकला था, कभी बादलों में छिप जाएगा। मैंने बादलों को चारों ओर मंडराते हुए देखा, लेकिन फिर भी लगा कि सूरज दिखता रहेगा। छत पर कुछ कपड़े सूखने के लिए रखे थे। मुझे कभी नहीं पता था कि वे पहले भारी बारिश का सामना करेंगे और फिर खून से लाल हो जाएंगे, जो मेरे लिए जीवन भर के लिए एक आघात का अनुस्मारक बन जाएंगे।

तो, उस दिन क्या हुआ जिसने जीवन की दिशा बदल दी? दिन उज्ज्वल हो रहा था, लेकिन सुबह 11:00 बजे, हमारे समाज परिसर के पास — जो इमारतों और घरों के बीच एक छोटा सा उपनगर है — हमने कुछ बंदूक की आवाजें सुनीं। यह बंदूकों की आवाज सुनना बहुत असामान्य नहीं था, क्योंकि हमें अक्सर इलाके में स्थानीय गिरोह के झगड़ों की खबरें मिलती थीं। शुरू में, एक अकेली रहने वाली महिला डर सकती थी, लेकिन 52 साल की उम्र में यह मेरे लिए कोई नई बात नहीं थी। मुझे यह भी पता था कि किसी दिन मुझे

गैंग वार के क्रॉसफायर में पकड़ा जा सकता है या अगर वे पुलिस के साथ मुठभेड़ में हों तो गैंगस्टर के लिए मानव ढाल बन सकती हूँ।

फिर भी, यह दिन मेरे लिए कुछ अलग होने वाला था। करीब 11:25 बजे गोलीबारी बंद हो गई, जिससे मुझे कुछ राहत मिली लेकिन साथ ही चिंता भी हुई। जैसे मैं एक सैन्य कमांडर था, मैंने सोचा कि यह क्यों हुआ और क्यों बंद हो गया। लेकिन 11:30 बजे मैंने विचार छोड़ दिया और कहा, "इसे भूल जाओ, मुझे इन विचारों के बिना ही बेहतर होगा।" धीरे-धीरे लंगड़ाते हुए रसोई की ओर बढ़ते हुए, मैंने दरवाजे पर एक जोरदार दस्तक सुनी, जो तब तक होती रही जब तक मैं दरवाजे पर नहीं पहुंच गया। जब मैंने दरवाजा खोला, तो मुझे चौंकाते हुए चोटू को देखा, जो जनरल स्टोर से एक सफेद पाउडर का पैकेट और अपनी टांग पर घाव लिए खड़ा था।

इस घटना के बाद, बादल और घने हो गए, और मैंने समाचार वैन की तेज़ आवाज सुनी। करीब 15 साल के चोटू को अंदर लाते हुए, मैंने खिड़की से बाहर देखा कि वे एक ड्रग पेडलर के बारे में रिपोर्ट कर रहे थे, जिसे मेरे भवन में और मेरी मंजिल पर पकड़ा गया था। वह गिरोह जो उसके पीछे था, भाग गया था, जिसका नेतृत्व विलास कर रहा था, और वह जिस व्यक्ति से जुड़ा था, उसका नाम चेतन था।

चेतन, एक सामान्य नाम, जिसका कोई आपराधिक रिकॉर्ड नहीं था, क्योंकि उसके सारे काम दूसरों द्वारा किए जाते थे — छोटे किशोरों की तरह, जैसे चोतू, जो नियमित सदस्यों के रूप में नहीं देखे जाते थे, और कोई भी उन पर संदेह नहीं करता था, विशेष रूप से विलास ने नहीं किया। मैंने कभी नहीं सोचा था कि चोतू शामिल होगा। जल्द ही, विचारों के संगठित होने से पहले, पुलिस आई और घोषणा की कि घरों की तलाशी ली जाएगी और चोतू को हिरासत में लिया जाएगा। वह डरा हुआ था, और मैं भी। उसी क्षण, यह मेरे लिए एक बरसाती दिन बन गया, क्योंकि बारिश शुरू हो गई, और मेरा अगला झटका यह था कि साधारण चोतू के पास एक बंदूक थी।

बंदूक, हाँ, आपने सही सुना। एक साधारण जनरल स्टोर का कर्मचारी, जो सभी के लिए इतना विनम्र और अच्छा था, बहुत सहायक और सम्मानित था, पहले एक गैंगस्टर था, फिर एक ड्रग पेडलर, और अब उसके पास एक अवैध बंदूक थी। मैं विचारों में खो गया था, लेकिन जब पुलिस ने इमारत को घेर लिया और आत्मसमर्पण करने के लिए कहा, तो उसका जवाब था, "नहीं, ये लोग विलास के लोग हैं, और मैं बिना लड़ाई के नहीं जा रहा।" मैंने कहा, "लड़ाई? यह युद्ध नहीं है; यह आत्महत्या है। तुम घायल हो और धीरे-धीरे मर जाओगे। तुम्हारी देखभाल कौन करेगा?" उसने कहा, "मुझे बस छत तक पहुंचना है और दूसरी इमारत में कूदना है। मैंने खुद को बचाने के लिए यह

कई बार किया है।" मैंने कहा, "यह तब था जब तुम 100% थे और बारिश नहीं हो रही थी। अब तुम्हें आत्मसमर्पण करना चाहिए और मदद लेनी चाहिए।" उसने कहा, "अगर मैं आत्मसमर्पण करता हूँ, तो या तो जेल में विलास मुझे मार डालेगा या चेतन मुझे मार डालेगा। मुझे भागने की कोशिश करनी चाहिए और फिर अपनी रिहाई के लिए ड्रग्स का इस्तेमाल करना चाहिए।" मैं यह सोचकर मूर्ख था कि यह काम कर सकता है। चोटू ने मुझे कभी नहीं बताया कि उसके पास केवल दो गोलियां थीं। मैंने धीरे-धीरे उसे छत तक पहुँचने में मदद की, जहाँ अंत में उसने मुझे धक्का दिया ताकि पुलिस यह न देख सके कि उसे कौन मदद कर रहा है। जैसे ही वह बाहर आया, उसने देखा कि पुलिस ने सचमुच चारों तरफ से घेर लिया था।

तो, 4 मार्च 2022 की दोपहर 12:00 बजे, भारी बारिश हो रही थी। पुलिस द्वारा घिरा हुआ एक भवन, समाचार वैन और लाइव रिपोर्टिंग, भीगे हुए कपड़ों वाली छत, एक व्यक्ति जो हमेशा सबके लिए अच्छा था और अब हजारों के साथ दो गोलियों के साथ लड़ाई के लिए तैयार था। दो अलग-अलग गैंग लार्डों द्वारा चलाए गए गैंग, मुझे सीढ़ियों से धक्का दिया गया, लेकिन अब मैं लगभग वापस चढ़कर देख रहा था कि उन असुरक्षित जगहों पर चीजें कैसी हैं — यह सबसे बड़ी गलती थी जो मैंने की। मैंने जो अगला देखा, वह भय और सदमा था, कुछ ऐसा जो मेरे साथ हमेशा रहेगा। कोई नहीं जानता था कि चोटू किस घर में गया या किसने मदद की, लेकिन अंदर ही अंदर मुझे पता था कि मैं कभी उसकी मदद नहीं कर सकता था। जब मैंने छत का दरवाजा धक्का दिया और थोड़ी सी झलक पाई, तो मैं बस भयभीत था। सभी पुलिस को देखते हुए, उसने बंदूक की नली अपनी ओर मोड़ी, उसे अपने माथे के पास रखा और गोली चला दी। खून कपड़ों पर चारों ओर फैल गया। यह पुलिस की गोली नहीं थी, बल्कि उसकी खुद की थी। इस घटना के बाद, कुछ ने उसके मृत शरीर पर गोली चलाई ताकि यह सुनिश्चित किया जा सके कि वह मर गया है और मीडिया के सामने जीत का दावा किया।

मेरा नाम मनस्वी है। यह मेरा बरसाती दिन है, न केवल पानी के रूप में आसमान से, बल्कि पूरे दिन के लिए मेरे पास आँसुओं के रूप में भी। यह तिथि मेरे मन में हमेशा के लिए अंकित है और शायद मेरे साथ ही जाएगी जब मैं मर जाऊँगी, जो मैं हमेशा उम्मीद करती हूँ कि जिसके बाद अगला दिन न आए। गड़गड़ाहट मुझे डराती है, और बारिश की बूंदें मेरे माध्यम से एक चाकू की तरह जाती हैं। मैं एक सवाल के साथ छोड़ दी गई हूँ: क्या मैं उस जीवन को बचाने में मदद कर सकती थी, उसे आत्मसमर्पण करने में सहायता कर सकती थी, या उसकी किस्मत मरने के लिए मुहरबंद थी?

New Year on an Island

December 27, 2024. Here I am, reminiscing about this same date last year. This island party promises to be as amazing as always, yet it stirs memories of you and how everything changed after that night.

A year ago, on this date, Shradha and I, along with our office group, attended a spectacular New Year's celebration. It was my first time experiencing such a wild, exciting, and unforgettable New Year's Eve. I liked Shradha, and she knew it. For her, feelings manifested in ways she refused to label: respect, jealousy, care, and attention — a constant tug of emotions she never openly acknowledged. My role was clear: to express my feelings of that like and maintain a respectful distance. Yet, as a simple human being with spiralling thoughts, it wasn't always easy.

We planned to sit by a beach bonfire, sharing deep discussions as midnight struck. Wishing each other well amidst friends seemed like the perfect way to welcome the New Year. It was a group event, but in my mind, it often felt like just the two of us. Shradha, however, never lost sight of the group.

Shradha — a simple girl in her late twenties, with long hair, deep eyes, and an unflinching honesty. She spoke her truth unapologetically, especially with those she held dear. Kind to all but fiercely possessive of her inner circle. Then there was Rishi, pleasant on the surface but, in my eyes, harbouring hidden agendas. Our group also included Samira, Bhavna, Samay, and Sandhya, each adding their unique essence to the dynamic.

Initially, I focused on enjoying the New Year with everyone, unaware of what lay ahead. As the speedboat anchored near the shore, I realised I was alone this year. This time, I chose solitude — no family, no wild celebrations. Just me, seeking peace and making promises to myself. Memories linger, though, and time spent with Shradha felt special. Special relationships, however, often fracture under the weight of unspoken feelings and misunderstandings.

For Shradha and me, jealousy or perhaps insecurity became the wedge. A lack of explanation and discussion escalated a small issue into the biggest rift imaginable. It played out like a scene from a film: silent, quick, and devastating. People often say life imitates art, and in this case, our story seemed like a cinematic adaptation. Unfortunately, some took advantage of the situation, using it for selfish motives or amusement.

People claim men are not loyal, and perhaps that is true for some. However, with the right person, loyalty feels instinctive. With her, I wanted nothing more than to be present — through joy, heartbreak, and silent moments of shared pain. However, emotional investments carry risks. Misunderstandings can spark flames that consume everything. That is what happened with us. Perhaps I felt too deeply or expected too much. The New Year's celebration, full of laughter and camaraderie, masked the growing distance between us. Smiles turned into walls, and unbeknownst to me, I had gone from hero to villain in her eyes.

Even Lucifer, an angel once, was cast out of heaven. Perhaps, with the right love and care, his story could have been different. Walking these familiar island lanes pulls me through a time machine, back to where I stood a year ago. This year, I celebrated New Year's Eve alone, as planned. However, the memories hit hard, dredging up anger, depression, and the health battles, I've faced — battles I continue to fight.

The year 2024 began with recovery. Thankfully, unwanted things did not strike during the party, but they marked a rough start. Communication with Shradha lingered, but the distance grew. By July, a turning point ended everything definitively. Walking away felt like the only choice, but was it the right one? I will never know.

Slowly, I learned to smile again. Writing became my solace, my way to process and express. Now, on this same date, I have returned to the island alone. Not for festivities, but to reconnect with myself — to face the battles left to win and rediscover my strength. Financially and mentally, 2024 has been tough. I have lost traditional ground but am trying to find an alter ego to keep fighting.

As I sit in this solitude, I have realised something: inspiration must come from within. This year, I am done with resolutions and numbers. Instead, I seek to redefine my life:

- L: Love myself.
- I: Inspire myself.
- F: Flourish.
- E: Enjoy my evolution.

Tears may fall for old memories, but I genuinely wish Shradha happiness. The hurt lingers; revengeful thoughts creep in. Yet, in the quiet, with only the ticking clock for company, I reflect. What happened to those friends I once called family? Why is there silence now? Questions remain unanswered.

Still, I have come to accept this: in the end, all you have is yourself — a reflection of who you are. As I step into 2025, I promise myself a calm heart and a steady mind, ready to evolve and embrace whatever comes next.

एक द्वीप पर नया साल

27 दिसंबर 2024
यह तारीख फिर सामने है। मैं फिर से उस एक साल पुराने दिन को याद कर रहा हूं। यह द्वीप की पार्टी हमेशा की तरह शानदार होने वाली है, लेकिन यह तुम्हारी यादें भी जगा देती है—और उस रात के बाद सब कुछ कैसे बदल गया था।

ठीक एक साल पहले, इसी तारीख को, श्रद्धा और मैं अपने ऑफिस-ग्रुप के साथ एक शानदार न्यू ईयर सेलिब्रेशन में शामिल हुए थे। वह मेरी पहली ऐसी न्यू ईयर ईव थी—जंगली, जोशीली, और कभी न भूलने वाली। मुझे श्रद्धा पसंद थी, और उसे यह बात पता थी। उसके लिए भावनाएँ भी होती थीं, पर वह उन्हें कभी कोई नाम नहीं देती थी—सम्मान, जलन, परवाह, और ध्यान—एक लगातार खिंचाव, जिसे उसने कभी खुलकर नहीं स्वीकारा। मेरा रोल साफ़ था: अपनी भावनाएँ जताना और एक सम्मानजनक दूरी बनाए रखना। पर एक साधारण इंसान होने के नाते, यह हमेशा आसान नहीं था।

हमने प्लान किया था कि हम समुद्र के किनारे अलाव के पास बैठेंगे, रात 12 बजे गहराई से बातें करेंगे और एक-दूसरे को शुभकामनाएँ देंगे। वह ग्रुप का प्लान था, लेकिन मेरे मन में, वह पल बस हम दोनों का था। पर श्रद्धा कभी ग्रुप से भटकी नहीं।

श्रद्धा—सीधी-सादी-सी लड़की, अपनी देर से बीत रही बीसवीं में, लंबे बाल, गहरी आँखें, और एक बेमिसाल ईमानदारी। अपनी बात वो बिना लाग-लपेट के कह देती थी, खासकर उनके सामने जिन्हें वह दिल से मानती थी। सबके लिए विनम्र, लेकिन अपने करीबी लोगों के लिए बेहद संजीदा। और फिर था ऋषि—ऊपरी तौर पर अच्छा, लेकिन मेरी नज़र में उसके इरादों में कुछ चालाकी थी। हमारे ग्रुप में समैरा, भावना, समय और संध्या भी थे—हर कोई अपनी अलग-अलग ऊर्जा लेकर चलता था।

शुरू में मैंने बस न्यू ईयर का मज़ा लेने पर ध्यान दिया, इस बात से अनजान कि आगे क्या होने वाला है। जैसे ही स्पीडबोट किनारे पर आकर रुकी, मुझे अहसास हुआ—इस बार मैं अकेला हूँ। इस बार मैंने खुद चुना है

कि परिवार नहीं, भीड़ नहीं, बस मैं। खुद के साथ समय बिताना, और खुद से वादे करना। लेकिन यादें तो आती ही हैं, और श्रद्धा के साथ बिताया समय— वो खास था। पर खास रिश्ते अक्सर बिना कहे हुए शब्दों और गलतफहमियों के बोझ से टूट जाते हैं।

मेरे और श्रद्धा के बीच जलन, या शायद असुरक्षा, वो दीवार बन गई। बिना बात किए, बिना सफाई दिए, एक छोटी-सी बात ने सबसे बड़ा फासला पैदा कर दिया। सब कुछ ऐसे हुआ जैसे कोई फिल्म का सीन हो — चुपचाप, तेज़ी से, और तोड़ देने वाला। कहते हैं न, ज़िंदगी अक्सर कला की नकल करती है, और इस बार हमारी कहानी जैसे किसी स्क्रिप्ट से निकली हुई लगी। दुख की बात ये रही कि कुछ लोगों ने इस दूरी का फायदा उठाया — अपने मतलब या मज़े के लिए।

लोग कहते हैं कि मर्द वफादार नहीं होते — शायद कुछ के लिए सही होगा। लेकिन जब इंसान को कोई सच्चा साथी मिले, तो वफ़ा खुद-ब-खुद आ जाती है। मैं उसके साथ रहना चाहता था — खुशियों में, तकलीफों में, और उन चुप पलों में, जहां सिर्फ मौन बोलता है। लेकिन भावनात्मक निवेश की कीमत होती है। गलतफहमियाँ आग बन जाती हैं, जो सब कुछ जला डालती हैं। शायद मैंने बहुत ज़्यादा महसूस किया, या बहुत ज़्यादा उम्मीद की। वो न्यू ईयर पार्टी — जहाँ हँसी और साथ था — धीरे-धीरे एक दीवार बन गई। और मैं — जिसे कभी वो खास मानती थी — एक दिन खलनायक बन गया।

यहाँ तक कि लूसिफ़र भी कभी एक फ़रिश्ता था, जिसे स्वर्ग से निकाला गया। शायद अगर उसे सही वक़्त पर समझा गया होता, तो उसकी कहानी अलग होती। जब मैं इस द्वीप की जानी-पहचानी गलियों से गुज़रता हूँ, तो ऐसा लगता है जैसे वक्त पीछे खिंच गया हो। इस साल, न्यू ईयर मैंने अकेले मनाया — जैसा प्लान था। लेकिन यादें अब भी चोट देती हैं — गुस्सा, उदासी, और वो स्वास्थ्य की जंग, जिसे मैं अब भी लड़ रहा हूँ।

2024 की शुरुआत मेरे लिए रिकवरी से हुई। शुक्र है, पार्टी में कोई बुरा वाकया नहीं हुआ, लेकिन अंदर ही अंदर बहुत कुछ बिगड़ चुका था। श्रद्धा से बातचीत थोड़ी-बहुत चलती रही, पर दूरियाँ बढ़ती गईं। जुलाई तक सब कुछ खत्म हो गया। दूर जाना ही एकमात्र रास्ता लगता था। पर क्या वह सही फैसला था? शायद कभी पता न चले।

धीरे-धीरे मैंने फिर से मुस्कुराना सीखा। लिखना मेरी राहत बन गया, खुद को समझने और जाहिर करने का ज़रिया। और आज, इसी तारीख को, मैं फिर इस द्वीप पर आया हूँ — पर अब किसी जश्न के लिए नहीं, बस खुद से मिलने। उन जंगों का सामना करने, जो अब भी बाकी हैं, और अपनी ताकत दोबारा

पाने के लिए। आर्थिक और मानसिक रूप से 2024 मुश्किल रहा। मैंने बहुत कुछ खोया – पर खुद को फिर से पाने की कोशिश जारी है.
और इस अकेलेपन में बैठकर मुझे एक बात समझ आई है—प्रेरणा भीतर से आती है। अब कोई रेज़ोल्यूशन नहीं, कोई गिनती नहीं। इस साल बस खुद को फिर से परिभाषित करना है:

- L: खुद से प्यार करूँ।
- I: खुद को प्रेरित करूँ।
- F: निखरूँ।
- E: अपने विकास का आनंद लूँ।

यादों के लिए आँसू बह सकते हैं, पर दिल से श्रद्धा के लिए दुआ करता हूँ कि वह खुश रहे। तकलीफ़ अब भी है, कभी-कभी बदले के ख्याल भी आते हैं। लेकिन इस शांत माहौल में, जब सिर्फ घड़ी की टिक-टिक सुनाई देती है, मैं सोचता हूँ—वे दोस्त कहाँ हैं, जिन्हें कभी मैंने परिवार कहा था? अब ये खामोशी क्यों है? सवाल बहुत हैं, पर जवाब शायद कभी नहीं मिलें।

फिर भी, मैंने एक बात मान ली है—आखिर में, आपके पास सिर्फ आप खुद होते हैं: आपकी छाया, आपकी सच्चाई। और जैसे ही मैं 2025 में कदम रखता हूँ, मैं खुद से एक वादा करता हूँ—एक शांत दिल और एक स्थिर मन लेकर, हर आने वाली चीज़ को अपनाने के लिए तैयार रहूँगा।

Human Robot and Nuclear Waste

The world knows it as the worst nuclear disaster, not caused by war, but by something meant to help people. The idea was to use nuclear energy for good, to provide cheaper power and shift focus away from non-renewable resources. If everything had worked as planned, it could have been a safe and lasting solution.

But things turned out differently. The explosion at the Chernobyl Nuclear Power Plant on April 26, 1986, shocked the world. The people of Chernobyl and nearby villages in Ukraine suffered for many years after.

What began as a massive explosion sent powerful shockwaves across the nearby residential complexes, leaving no one unaffected. The nuclear core, once the heart of a reactor built to generate electricity, now lay exposed, unleashing its deadly presence across the land. One by one, the fail-safe systems began to collapse, reducing all the sophisticated equipment ever designed to manual control. This left humanity to battle a force it had created but could no longer contain.

Everything turned to chaos. The person in charge was unprepared, and his decisions led to disaster. The firefighters had never faced anything like this before. They had no clear instructions, but their main goal was to stop the fire and prevent the other reactors from exploding, which could have caused even more destruction.

They did their best, but the burning fuel was extremely dangerous and kept burning for a long time. Many firefighters were exposed to high levels of radiation and ended up in the hospital. Some even touched the radioactive material, not knowing the risk. I heard that their clothes were sealed away in a cellar because they were still highly radioactive, with no idea when it would be safe again.

You might wonder where I fit into all this. I was one of the 'bio-robots' sent in on May 4, 1986, to clean up the nuclear debris. At first, we were told it was just graphite, but it was still radioactive. The contamination was so high that the mechanical robots broke down almost immediately. Technology wasn't advanced enough to handle the job, so people like me had to go in, working in small groups. It was a risky plan, but it was the only option.

Life was hard for me. I had to support my mother, my wife, and two daughters, so I didn't have the luxury of choosing a job I liked. I took whatever work I could find and did my best to keep going, always pushing myself to provide for my family.

At first, we were only given protective gear for our main organs, hoping it would help us recover after the job. The pay was good, so many people wanted the work, but the time allowed on the roof was short. I knew I had to work extra shifts to earn enough for my family.

We were only allowed to work for five minutes at a time before the next group took over. To earn more, I took extra shifts. I started to realise that what was once seen as a great achievement had become a disaster. People talked about how, on April 22, there were discussions about pushing Reactor 3 to its limits. That decision, made after much debate, led to tragedy. For me, April 22 will always be a day that changed many lives.

After taking on more shifts, I began staying longer than allowed during cleanup. This was quickly noticed, since we were only supposed to be there for a few minutes. My supervisor couldn't decide what to do, so I was brought before a council of scientists and officials. They thought I didn't understand the risks and urged me to think about my family.

It felt like a court-martial room, with so many people surrounding me, all trying to explain the consequences of my actions. I was given a few minutes to share my reasons and concerns. I stood up and said,

"Good morning, everyone. I am Boris, one of the workers helping with the clean-up on the terrace. From my limited knowledge, I believe those responsible should be prosecuted. I am a son who lost his father in Stalingrad. Although he survived the war, we lost him in another way—his ability to be with us during that time. I have taken care of my mother for the past thirty years, since I was ten. After getting married, my wife and I have shared that responsibility. When my father passed away soon after our first daughter was born, life became even harder. There have been many days when our whole family could not eat properly."

As I spoke, one of the bureaucrats interrupted me. "What has this got to do with what you have been doing? Can you quickly explain the reason? There are many containment issues that need attention."

Before I could answer, one of the scientists stopped him and said, "Let him continue."

I went on. "During those hard times, we had our second daughter. Now, I am the only one earning for the four of us. I am not afraid of contamination or death, but I am terrified of watching my family die one by one from starvation."

Another bureaucrat replied, "We know the situation is bad for many, but don't you think if you live longer, you can help them survive longer too?"

I said, "Sir, that's true, but the money is good now. If I can earn enough at this moment, I can give them a few more days of survival."

The discussion went on for almost thirty minutes. Finally, I said, "Sir, remove me from the group if you must, but in these last thirty minutes, I have already missed three shifts. That means today my family may have nothing to eat."

After that, I was reinstated in my job, with a small increase in pay. My supervisor supported me by giving me extra shifts and an extra minute or two whenever I needed it. There was still a lot to be done, and this continued until the end of 1986. Later, the number of workers was reduced, but a new project began—building a dome-shaped structure to contain the contamination. The risk of radiation was still there, but I decided to join the team.

I became part of that group as a welder. Those were the few months when my family finally had good meals. Even though I was away, I could sense their happiness from afar. I sent money home and received letters saying things were getting better. They told me to start thinking about myself again—but once my family was secure, my focus shifted to humanity and my country. This disaster happened on Russian land, but it affected all of humankind.

I continued working until the end of the year, but the hardest part came afterward. I had to live away from my family forever because of the contamination risk. I might have been exposed to high levels of radiation. One night, after crying for hours and thinking about what was right, I decided to stay away—for their safety. Soon after, the area became heavily guarded, and political changes gave birth to a new independent country, Ukraine.

It has now been ten years since I last saw my family. I still work and send them money, but no amount of money can buy even a second with them. I miss them dearly. It is now 4th March 1997, and I am in the final stage of my life. I wish I could see my two beautiful daughters again. I could not even pay my last respects to my mother when she passed away in 1991.

I have stayed strong, fought radiation and its effects with minimal support for so long, making sure I did not harm anyone. My only hope is that when I am gone, the government will take care of my family. I know my body will be returned to them in a sealed metal box, never to be opened, because of what I worked on and what I endured.

Remember me as a man who worked for his family first, then for humanity, and finally for his country. It was never about glory, but about duty. I was just a simple man. That would be the best farewell.

Remember Boris, who passed away on 22nd April 1997, with these values in his heart.

मानव रोबोट और परमाणु कचरा

दुनिया इसे सबसे भयानक परमाणु-विस्फोट के रूप में जानती है, जो किसी युद्ध का कारण नहीं था, बल्कि मानवता की मदद करने के लिए कुछ बनाने का प्रयास था। इस परमाणु ऊर्जा का उपयोग कुछ अच्छा करने के लिए किया जाना था, जो इस परमाणु-दौड़ के लिए सही ध्यान केंद्रित कर सके। इसे सामूहिक विनाश के हथियार के रूप में इस्तेमाल नहीं किया जाना था, बल्कि सस्ती ऊर्जा प्रदान करने के लिए इसका उपयोग किया जाना था, और गैर-नवीकरणीय संसाधनों से ध्यान हटाकर इसे नवीकरणीय संसाधनों पर केंद्रित करना था। अगर सभी फेलसेफ उपाय सही से काम करते, तो यह लंबे समय तक ठीक काम करता।

दुर्भाग्य से, भाग्य ने कुछ और ही योजना बनाई। कुछ ऐसा हुआ जिसने पूरी दुनिया को घुटनों पर ला दिया, और वह था चेर्नोबिल परमाणु ऊर्जा संयंत्र में 26 अप्रैल, 1986 को, लगभग 1:23 बजे हुआ विस्फोट। दुनिया झकझोर दी गई, और चेर्नोबिल और यूक्रेन के आसपास के गांवों ने आगे के सालों में भारी पीड़ा झेली। जो शुरुआत में सिर्फ एक बड़ा विस्फोट था, उसने सभी आवासीय परिसरों में शक्तिशाली लहरें भेजीं, और न तो सैन्य और न ही राजनीतिक क्षेत्र में कोई बचा। अब परमाणु कोर, जो कभी बिजली उत्पन्न करने के लिए उपयोग किया गया था, खुला था और हर किसी को अपनी उपस्थिति का अहसास करा रहा था। सभी फेलसेफ उपाय विफल हो रहे थे, और हमारे द्वारा बनाई गई सभी परिष्कृत उपकरण अब मैनुअल संचालन पर छोड़ दिए गए थे।

सब कुछ अराजकता की ओर बढ़ रहा था। प्रभारी व्यक्ति ने कोई पूर्वानुमान नहीं किया था, और उसके आदेशों ने एक विनाशकारी विस्फोट को जन्म दिया, जिससे वह स्तब्ध हो गया और सभी इंद्रियों और विचारों को खो दिया। फायर ब्रिगेड के लोग, जिन्होंने कभी ऐसा सामना नहीं किया था, उनके पास कोई प्रोटोकॉल नहीं था। प्राथमिक उद्देश्य आग को रोकना था ताकि अन्य रिएक्टर विस्फोटित न हों और दुनिया भर में अधिक विनाशकारी आपदा न हो, जिससे लाखों लोग मारे जा सकते थे। तो उन्होंने वही शुरू किया, लेकिन यह कठिन था क्योंकि ईंधन, जो अत्यधिक सक्रिय था, जल रहा

था और लंबे समय तक जल सकता था। उन्होंने इसे किसी तरह संभाला, लेकिन अपनी जान की कीमत पर। कई लोग विकिरण के तत्काल संपर्क में आ गए थे, जो ईंधन कोर द्वारा उत्सर्जित हो रहा था। कुछ ने इसे जानबूझकर या गलती से छू लिया, और वे सभी बाद में अस्पतालों में भर्ती थे। उस भयावह रात के बाद और अधिक आक्रामक कार्य किया गया, जिसमें हर दिन जीवन को जोखिम में डालते हुए रिएक्टर को नियंत्रित किया जा रहा था। मैंने सुना है कि कपड़े, जो एक भूमिगत तहखाने में छोड़े गए थे, जहां किसी को भी प्रवेश की अनुमति नहीं थी और जिसे प्रदूषण और विकिरण रिसाव के डर से सील कर दिया गया था, उनमें विकिरण के विशाल निशान थे, जिनके बारे में कोई जानकारी नहीं थी कि वे कब कम होंगे या पूरी तरह से गायब हो जाएंगे।

यदि आप सोच रहे हैं कि इस घटना में मेरी भूमिका कब आई और मैं क्या कर रहा था, तो मैं एक बायोरॉबोट था, जिसे 4 मई 1986 को भेजा गया था ताकि परमाणु मलबे को साफ किया जा सके। हालांकि शुरुआत में कहा गया था कि यह सिर्फ ग्रेफाइट था, लेकिन यह अभी भी रेडियोधर्मी था। प्रदूषण का स्तर इतना ऊंचा था कि इस्तेमाल किया गया मैकेनिकल रोबोट कुछ सेकंडों में ही जीवित नहीं रह सका, क्योंकि प्रदूषण के स्तर की गलत गणना ने विफलता का कारण बना दिया। साथ ही, उस समय कोई तकनीकी उन्नति नहीं थी जो इस स्तर के किसी भी रोबोट को सभी मलबे की सफाई करने में सक्षम बना सके — रोबोट का विचार तब भी नया था। यही स्थिति बायोरॉबोट्स की अवधारणा के साथ थी, जिन्हें हमें बैचों में सफाई करने के लिए भेजा जाता था। यह नहीं पता था कि यह किसका विचार था, लेकिन यह काम कर गया।

मेरा जीवन कठिन था — पांच सदस्यों वाले परिवार की देखभाल करना। मेरी मां, पत्नी और दो बेटियों ने मुझे अपनी पसंद की नौकरी चुनने के लिए बहुत कम विकल्प दिए। मुझे जो उपलब्ध था, उसे लेना पड़ा और बस यह सुनिश्चित करना था कि मैं हमेशा की तरह आगे बढ़ता रहूं। मैं बस जानता था कि कैसे प्रभावी ढंग से प्रदर्शन करना है, अपनी सीमाओं को आगे बढ़ाना है और अपनी एकाग्रता बनाए रखनी है।

शुरुआत में, हमें केवल प्रमुख शरीर के हिस्सों और अंगों के लिए सुरक्षा दी गई थी, ताकि इस सफाई काम के बाद जीवन इतना कठिन न हो। हम उसी तरह जीवन जी सकते थे जैसा हम थे, लेकिन वेतन अच्छा था और नौकरी में प्रवेश भी कठिन था। क्योंकि वेतन इतना अच्छा था, लोग अधिक संख्या में आ रहे थे। लेकिन छत पर सफाई काम के लिए हमें जो समय कम मिला था, मैं जानता था कि मुझे कुछ पर्याप्त पैसा कमाने का सिर्फ थोड़ा ही मौका मिलेगा।

हमें केवल 5 मिनट के लिए अनुमति दी गई थी, और फिर काम करने वाले लोगों का अगला बैच आता था। पैसे कमाने के लिए, मैंने और अधिक शिफ्ट उठाईं। धीरे-धीरे मुझे एहसास हो रहा था कि जो कभी एक चमत्कार था, अब कुछ नहीं बल्कि एक आपदा बन गया, जिसने सभी के लिए एक बड़ा झटका दिया। जो कभी मानवता के अगले कदम के रूप में देखा जाता था, अब कुछ ऐसा था जिसके लिए मनुष्य तैयार नहीं था। मैंने कुछ लोगों के साथ चर्चाओं के दौरान समझना शुरू कर दिया कि 22 अप्रैल को चर्चा की गई थी कि क्या रिएक्टर 3 को उस सीमा तक धकेला जाना चाहिए जो 26 अप्रैल को हुई थी। लेकिन कई चर्चाओं के बाद यह सहमति हुई कि इसे किया जाना चाहिए। मेरे लिए 22 अप्रैल हमेशा एक तारीख होगी जिसने कई लोगों की जान ले ली।

शिफ्ट उठाने के बाद, मैंने धीरे-धीरे अपने सफाई शिफ्टों में अधिक समय तक रुकना शुरू कर दिया। यह जल्दी ही ध्यान में आ गया क्योंकि यह कुछ ऐसा नहीं था जिसे नजरअंदाज किया जा सकता था, क्योंकि समय की मात्रा केवल कुछ मिनट थी। मेरे पर्यवेक्षक ने यह निर्णय नहीं लिया था कि मुझे निकाल दिया जाए या बनाए रखा जाए। मुझे वैज्ञानिकों और अन्य नौकरशाहों की एक परिषद के सामने प्रस्तुत किया गया। लोग महसूस करते थे कि मुझे शायद यह चिंता नहीं थी कि यह मेरे जीवन में क्या प्रभाव डाल सकता है, और मुझे अपने प्रियजनों के बारे में सोचना चाहिए।

यह एक कोर्ट-मार्शल रूम जैसा महसूस हुआ — इतने सारे लोग मेरे आसपास थे और मेरे कार्यों के परिणाम को समझाने की कोशिश कर रहे थे। मुझे अपनी वजह और चिंताओं को समझाने के लिए कुछ मिनट दिए गए। मैं खड़ा हुआ और फिर कहा, "सुप्रभात सभी, मैं बोरिस हूं, जो छत की सफाई काम में मदद कर रहा हूं, और जो सोचता है कि जिम्मेदार लोगों को दंडित किया जाना चाहिए। मैं एक बेटा हूं जिसने स्टेलिनग्राद में अपने पिता को खो दिया। हालांकि वह इसके बाद जीवित रहे, फिर भी हमने उन्हें और उस समय के दौरान उनके साथ रहने की क्षमता खो दी। साथ ही, मैं पिछले 30 सालों से, या 10 साल की उम्र से, अपनी मां की देखभाल कर रहा हूं। जब मेरी शादी हुई, तो मेरी पत्नी और मैंने यह जिम्मेदारी साझा की। जब मेरे पिता ने हमें छोड़ दिया, तो पहली बेटी के जन्म के तुरंत बाद जीवन और भी कठिन हो गया। हमारे परिवार में सभी ने बहुत कम दिनों में ही खाना खाया।"

जब मैं यह सब बता रहा था, तब नौकरशाहों में से एक ने कहा, "इसका क्या मतलब है कि आप जो कर रहे थे, और क्या आप जल्दी से बता सकते हैं कि कारण क्या है, क्योंकि बहुत सारी चीजें हैं जिनके लिए सम्परीक्षा की

आवश्यकता है।" एक वैज्ञानिक ने उसे बीच में ही रोक दिया और मुझे जारी रखने के लिए कहा।

मैंने अपनी कहानी जारी रखी, "इन कठिन समयों के दौरान हमारी दूसरी बेटी थी, और अब मैं सभी चारों के लिए एकमात्र ब्रेड प्रोवाइडर हूं। मैं प्रदूषण और इसके कारण मरने से नहीं डरता, लेकिन अपने परिवार के सदस्यों को भूख से एक-एक करके मरते हुए देखने से डरता हूं।"

एक अन्य नौकरशाह ने कहा, "हम जानते हैं कि स्थिति बहुत खराब है, लेकिन क्या आप नहीं सोचते कि यदि आप लंबे समय तक जीवित रहते हैं, तो आप उन्हें लंबे समय तक जीवित रहने में मदद कर सकते हैं?"

मैंने कहा, "सर, यह सच है, यह मदद कर सकता है, लेकिन पैसे अब अच्छे हैं, और अगर मैं अब उन्हें पर्याप्त दे सकता हूं, तो शायद मैं उनके जीवन में कुछ दिन जोड़ सकता हूं।"

यह चर्चा लगभग 30 मिनट तक चली, और मैंने अंत में कहा, "सर, मुझे समूह से हटा दें यदि आप चाहें, लेकिन पिछले 30 मिनट में, मैंने 3 शिफ्टें मिस की हैं, जो आज के खाने के लिए मेरे परिवार के लिए कुछ होंगी।"

जिसके बाद मुझे मेरे काम में फिर से बहाल कर दिया गया और वेतन में थोड़ी वृद्धि की गई, लेकिन मुझे अपने पर्यवेक्षक से कुछ समर्थन मिला, जिसमें मुझे अतिरिक्त शिफ्ट और 1 मिनट अतिरिक्त दिया गया ताकि मैं सभी आवश्यक समर्थन प्रदान कर सकूं। बहुत कुछ अभी भी किया जाना था, और यह 1986 के अंत तक जारी रहा, जिसके बाद इस काम के लिए लोगों की संख्या कम की गई, लेकिन एक नई नौकरी खुल गई, जहां मैं शामिल होना चाहता था। प्रदूषण को रोकने के लिए टीम एक गुंबद के आकार की संरचना बना रही थी, जिससे मदद मिलती। उस समय भी प्रदूषण का जोखिम था, लेकिन मैं शामिल हो गया।

अब मैं उस टीम का हिस्सा था, एक वेल्डर के रूप में, और वे कुछ महीने थे जब पूरे परिवार ने कुछ अच्छे भोजन किए, हालांकि मैं उपस्थित नहीं था, लेकिन फिर भी मैं दूर से ही खुशी का अनुभव कर सकता था। मैं पैसे भेज रहा था और पत्र प्राप्त कर रहा था कि चीजें कैसे बेहतर हो रही थीं और और भी बेहतर हो रही थीं, और अब मैं वापस आकर अपने ऊपर ध्यान केंद्रित कर सकता था। परिवार के बाद मानवता और देश के लिए ध्यान केंद्रित किया गया। यह रूसी भूमि पर हुआ और पूरी मानव जाति दांव पर थी।

मैंने अपनी भूमिका जारी रखी, और काम वर्ष के अंत तक पूरा हो गया, लेकिन कठिन हिस्सा उस समय आया जब मुझे हमेशा के लिए अपने परिवार से दूर रहना पड़ा, क्योंकि प्रदूषण का जोखिम था और हो सकता है कि मैं विकिरण के संपर्क में अधिक रहा हो। एक रात बहुत रोने के बाद, सही काम

के बारे में सोचते हुए, मैंने अपने परिवार से दूर और चेर्नोबिल से दूर रहने का फैसला किया, लेकिन अभी भी थोड़ा करीब। जल्द ही क्षेत्र को भारी सुरक्षा दी गई, और राजनीतिक परिदृश्य बदल गया, और हमें यूक्रेन नाम का एक स्वतंत्र देश मिला।

यह 10 साल हो गए हैं जब मैंने अपने परिवार को देखा। मैंने काम करना जारी रखा और अभी भी बहुत सारा पैसा भेजता हूं, लेकिन कोई भी धन परिवार के साथ एक सेकंड भी नहीं खरीद सकता। मुझे उनकी याद आती है, और अब 04 मार्च 1997 को, जब मैं अपने जीवन के अंतिम चरण में हूं, मुझे उनकी याद आती है और मैं अपनी 2 खूबसूरत बेटियों को देखना चाहता हूं। मैं अपनी मां को अंतिम श्रद्धांजलि भी नहीं दे सका जब उनका निधन 1991 में हुआ।

मैंने मजबूत रहकर, विकिरण और इसके साइड इफेक्ट्स से लड़ते हुए, न्यूनतम समर्थन के साथ इतने लंबे समय तक यह सुनिश्चित किया कि यह किसी को प्रभावित न करे। मैं बस उम्मीद कर सकता हूं कि जब मैं गुजर जाऊं, तो सरकार मेरे परिवार की देखभाल करे और प्रगति जारी रखे, जैसा वे कई चीजों के साथ कर रहे हैं। मुझे पता है कि मुझे एक धातु के डिब्बे में वापस मेरे परिवार के पास ले जाया जाएगा और इसे खोलने की अनुमति नहीं होगी, क्योंकि मैंने जो समर्थन किया और मदद की।

अंत में, मुझे एक ऐसे कार्यकर्ता के रूप में याद रखें जिसने पहले अपने परिवार के लिए, फिर मानवता और फिर देश के लिए काम किया। ऐसा नहीं है कि देश की छवि दांव पर नहीं थी, लेकिन मेरी स्थिति यह थी कि प्राथमिकता पहले परिवार और मानवता में थी। साथ ही, मैं सिर्फ एक साधारण आदमी था और इससे अधिक कुछ नहीं। विदाई के लिए यह सबसे अच्छा होगा। बोरिस को याद रखें, जिनका 22 अप्रैल 1997 को इन गुणों के साथ निधन हो गया।

The Carnival to Which I Never Went

I was sitting in the garden when I heard an old tune playing on the radio. Yes, you heard that right, the radio. Even though it's 4th March 2025, I still like listening to the radio. There aren't as many radio channels now, but music apps have old channels and classic songs that remind me of a time when we couldn't have imagined this kind of technology. Back then, we took each day as it came and made sure to take care of everything in life.

Back then, I didn't even think about the expenses because my parents' work would help cover them. However, we were not a rich family. I remember often thinking about toys and expensive commodities, and sometimes even clothes were carefully considered and decided upon, which was quite a task.

I used to think we should have plenty since both my parents worked. My mother earned a small monthly salary, and my dad ran a manufacturing unit, but earning money was still hard. Getting the workers to finish their jobs was also a challenge. We weren't wealthy, but we had just enough to pay for the education of two kids and, sooner or later, make sure we got what we wanted.

We never got pocket money, even though many of my friends did. When I asked my mom about it, she said I was too young to keep money safe. Even when I told her about my friends, she didn't change her mind. You might call her a typical 90s mom, and honestly, that was the best thing for me because it taught me the value of money.

Around 1991, there was a carnival not too far from our house, but it was still a bit of a distance away. I could see the rides from my window, but we couldn't just walk over and join the fun. For weeks, I heard the music and the sounds of people enjoying themselves, but I still felt far away from it all.

At school, my friends talked a lot about the carnival since they had visited, even though they lived farther away than I did. On the way home, I told my brother about it, and he also said it was great, especially the food. What really caught my attention was my friend's story about a new kind of ice cream, a blueberry flavor from an exotic fruit. Deep down, I knew it would be hard to get because it was expensive.

Just then, my son interrupted me and asked if I wanted chapati with my rice. I was having Kadhi Rice that day, so I told him, 'No, I'll just have rice.'

Back to the song and my memories, I found myself thinking again about the 1991 carnival. My brother and I rushed home, excited to talk to our parents about visiting the carnival that weekend. Around 6:00 PM, our mom came home, but it was strange that our dad hadn't returned yet. While our mom had tea, my brother and I talked to her about the carnival and all the fun things we wanted to do.

Our mom didn't seem very excited about the idea, but she didn't show much reaction either. We decided to talk about it again with our dad at dinner. Then we got a call saying dad would be late, so we had dinner and went to bed. It wasn't a surprise when he came home early in the morning. We couldn't talk to him about the carnival because we had to leave for school, and he needed a few hours of rest before heading back to the factory.

I was shocked at school to learn that the carnival was in its last week, and this weekend would be the final chance to visit before everything was packed up. Soon, the ground would be empty, the music would stop, and the lights would be gone. On the way home, I told my brother so we could try harder to go to the carnival that week.

We told our mom about the carnival ending soon, hoping she would help us convince dad. But once again, the phone rang, and we learned dad would be late. It was Friday, and the next day was the weekend, so we thought it would be easier to talk to him and plan the carnival visit.

Our hopes faded when we found out our father had to return to the factory because there was unfinished work and a big order to complete. If he finished it, his unit would get an even bigger order from the same company, which could help solve some of our family's money problems for a few months.

I was only 10 years old then, but for the first time, I understood our family's finances. Suddenly, the carnival didn't seem as exciting, but my father's hard work did. That moment showed me what it meant to be responsible as a professional and as a father. Work long hours, provide for your kids, and if possible, spend time with them too. Now, after leaving my job, I spend my time with my son.

Also, if you are feeling sad that I didn’t get to visit the carnival, do not. I visited it the next year and had a lot more fun with my father and my brother. Along with that, I was the first person to narrate all the stories in school.

वह कार्निवल जहाँ मैं कभी नहीं गया

मैं बगीचे में बैठा था, जब रेडियो पर एक बहुत पुराना गाना सुना। हाँ, आपने सही सुना — रेडियो। मुझे पता है कि आज तारीख 4 मार्च 2025 है, लेकिन मैं थोड़ा पुरानी सोच का हूँ। मुझे अब भी रेडियो सुनना पसंद है। मुझे पता है कि आज के समय में पुराने ज़माने जैसे रेडियो चैनल्स नहीं हैं, लेकिन कई म्यूजिक ऐप्स पर पुराने गानों और चैनल्स का संग्रह है, जो आपको पुराने दिनों की याद दिलाते हैं, जब इस तरह की तकनीक के बारे में सोचा भी नहीं गया था। तब हम बस हर दिन को एक-एक कदम आगे बढ़ाते हुए जीते थे और यह सुनिश्चित करते थे कि जीवन के सभी पहलुओं का ध्यान रखा जाए।

उस समय, मैं खर्चों के बारे में बिल्कुल नहीं सोचता था, क्योंकि मेरे माता-पिता काम कर रहे थे और सभी खर्चों का ध्यान रखते थे। हम कोई अमीर परिवार नहीं थे। मुझे याद है, मैं कई खिलौनों और महंगे सामान, यहाँ तक कि कपड़ों के बारे में भी सोचता था, लेकिन हर चीज़ को खरीदने से पहले बहुत सोच-समझ कर फैसला लिया जाता था।

मुझे हमेशा लगता था कि हमें ज्यादा चीजें मिलनी चाहिए, क्योंकि दोनों माता-पिता काम कर रहे थे। लेकिन हाँ, मेरी माँ की सैलरी सीमित थी, और मेरे पापा का एक मैन्युफैक्चरिंग यूनिट था। फिर भी पैसा कमाना और मजदूरों से काम कराना काफी मुश्किल था। तो जैसा मैंने कहा, हम बड़े धनवान परिवार नहीं थे, लेकिन इतना ज़रूर था कि मेरे और मेरे भाई की पढ़ाई और कभी-कभी हमारी जरूरतें पूरी हो जाती थीं। भले ही देर से, पर हमें वो चीज़ें मिल ही जाती थीं।

हमारे पास पॉकेट मनी जैसी कोई चीज़ नहीं थी, जबकि मेरे कई दोस्तों को यह मिलती थी। एक दिन जब मैंने इसके बारे में अपनी माँ से पूछा, तो उन्होंने कहा कि "तुम अभी छोटे हो और पैसे सुरक्षित नहीं रख सकते।" जब मैंने दोस्तों के बारे में बताया, तो उन्होंने फिर भी इस विचार को ठुकरा दिया। आप कह सकते हैं, '90 के दशक की माँ।' हाँ, वह वैसी ही थीं, और यह सबसे अच्छा था क्योंकि इसने मुझे पैसे का महत्व समझने में मदद की।

उसी समय, करीब 1991 के आसपास, हमारे घर के पास एक मेला लगा था, लेकिन यह थोड़ी दूरी पर था। मैं अपनी खिड़की से कुछ शानदार झूले देख

सकता था, लेकिन ऐसा नहीं था कि हम पैदल मेले तक जा सकते और इसका आनंद ले सकते। हफ्तों तक मैं मेले की धुन और लोगों की आवाज़ें सुनता रहा।

स्कूल में, मेरे दोस्त मेले की बातें कर रहे थे क्योंकि वे वहाँ गए थे। वे मुझसे भी दूर रहते थे, फिर भी उन्होंने मेला देखा। घर लौटते समय मैंने अपने भाई से इसके बारे में बात की, और उसने भी इसके मज़ेदार झूलों और स्वादिष्ट खाने के बारे में बताया। लेकिन मैं अपने दोस्त द्वारा बताए गए एक नए तरह के आइसक्रीम फ्लेवर से बहुत प्रभावित था — एक विदेशी फल, ब्लूबेरी। मुझे पता था कि इसे पाना मुश्किल होगा क्योंकि यह महंगा होगा।

उसी समय, मेरा बेटा मेरे पास आया और मुझसे पूछा, "आप चपाती के साथ चावल भी खा रहे हैं?" उस समय मैं कढ़ी-चावल खा रहा था। मैंने कहा, "नहीं, मुझे सिर्फ चावल चाहिए, और कुछ नहीं।"

अब मैं वापस गाने और अपनी यादों की दुनिया में चला गया, जहाँ मैं फिर से 1991 के मेले के बारे में सोचने लगा। हम जल्दी से घर लौटे और अपने माता-पिता का इंतजार करने लगे, ताकि हम सप्ताहांत में मेले जाने की बात कर सकें। करीब 6:00 बजे हमारी माँ घर आईं, और यह थोड़ा अजीब था कि हमारे पापा अब तक नहीं लौटे थे। मैंने और मेरे भाई ने, जबकि माँ चाय पी रही थीं, मेले की बात की और वहाँ की मज़ेदार गतिविधियों के बारे में बताया।

हालाँकि माँ इस विचार से बहुत उत्साहित नहीं थीं, लेकिन उन्होंने ज्यादा प्रतिक्रिया नहीं दी। तो योजना यह थी कि रात के खाने पर पापा के साथ इस पर चर्चा की जाए। लेकिन हमें कॉल आया कि पापा देर से आएंगे और हमें खाना खाकर सो जाना चाहिए। यह कोई आश्चर्य की बात नहीं थी कि हमारे पापा अगली सुबह जल्दी घर आए, और हम उनके साथ मेले की बात नहीं कर सके। हमें स्कूल जाना था, और पापा को कुछ घंटे आराम की ज़रूरत थी, जिसके बाद उन्हें फिर से फैक्ट्री जाना था।

स्कूल में मुझे झटका लगा, जब मुझे पता चला कि मेला अपने आखिरी सप्ताह में चल रहा है और इस सप्ताहांत के बाद खत्म हो जाएगा। फिर सबकुछ खाली हो जाएगा। मेले की धुनें और रोशनी का शोर गायब हो जाएगा। घर लौटते समय, मैंने अपने भाई को यह खबर दी और कहा कि हमें मेले में जाने के लिए ज़ोर लगाना होगा।

यह जानकारी हमने माँ को भी दी, ताकि हमें उनका समर्थन मिल सके। लेकिन फिर से फोन आया, और पापा को देर होनी थी। अब शुक्रवार हो गया था, और अगली सुबह सप्ताहांत था। हमने सोचा कि पापा से बात करना और मेले की योजना बनाना मुश्किल नहीं होगा।

सारी उम्मीदें धीरे-धीरे खत्म हो गईं जब हमें पता चला कि पापा को फिर से फैक्ट्री जाना है। एक बड़ा ऑर्डर पूरा करना था, जिससे उनकी यूनिट को एक और बड़ा ऑर्डर मिल सकता था। यह अगले कुछ महीनों के लिए घर के पैसे की समस्या को हल कर सकता था।

मैं उस समय सिर्फ 10 साल का था, लेकिन पहली बार घर की आर्थिक स्थिति को समझा। पहली बार, मेला उतना रोमांचक नहीं लगा, लेकिन पापा का काम ज़रूर महसूस हुआ। पहली बार, मुझे उनके कठिन परिश्रम का एहसास हुआ। उस पल ने मुझे सिखाया कि मुझे भविष्य में एक प्रोफेशनल और एक पिता के रूप में कैसा होना चाहिए। 16 घंटे काम करें, लेकिन अपने बच्चों को वो सब दें जो वे चाहते हैं। और अगर संभव हो तो उनके साथ थोड़ा समय भी बिताएं।

अगर आप सोच रहे हैं कि मैं मेले में नहीं जा पाया, तो ऐसा नहीं है। अगले साल मैं गया और अपने पापा और भाई के साथ बहुत मज़ा किया। इसके साथ ही, मैं स्कूल में सारी कहानियाँ सुनाने वाला पहला व्यक्ति था।

The Final Commission

The intoxication was getting intense, slowly breaching its limit. I guess I deserved it. The past four days in jail had been anything but relaxing, and this drink was my first taste of freedom. Rain rattled against the windows, a thunderstorm grumbling in the background. Just as I leaned back, a knock shattered the silence.

I opened the door.

It was my lawyer—the same rookie who had secured my release that morning. But beside him stood two police officers. Shock and dread overtook me, my stomach dropping as fear replaced relief.

I lunged at him in fury, my hand reaching for his throat. All the betrayal I felt erupted into action. The cops easily restrained me. Defeated, I sank back as the van's doors slammed shut, the weight of my life pressing down hard.

Twelve hundred crores. That was the number in my mind. How did someone with that kind of money end up here—again?

Four weeks ago, everything had been perfect.

I was just a regular banker. My life was routine—office, loans, targets, home. I sold dreams. Houses, cars, vacations. What about my own? Small, lavish ones. I was good at what I did—exceptional, even. I knew how to read people. I didn't overpromise, just planted visions in their minds and made it seem achievable.

My real skill? Tapping into jealousy. That basic human emotion fueled everything. People wanted what others had. I didn't sell loans; I sold validation.

But success in my bank didn't follow merit. It followed nepotism, internal politics, and favouritism. I trained myself to stay sharp—gym in the morning, finance in the day, strategy at night. I didn't start out intending to defraud anyone. But resentment grew. I gave everything to the bank. Rewards went elsewhere.

So I created my own system. A shadow norm. A 3x commission—masked, hidden, split. Disguised from both the bank and the customer.

Then came the inquiry.

An internal audit flagged transactions. They accused me of fraud. I denied everything. I wasn't a tech expert—just good with numbers. The system was too complex for me to manipulate, I argued. But they weren't buying it. I was removed from duty, pending investigation.

Strangely, support started pouring in. My clients defended me publicly, claiming the bank was targeting someone who had helped them. I felt a surprising swell of hope, even as doubt lingered about how long it would last. They didn't mind the extra commission. They believed I had enabled their dreams.

That sentiment fueled my confidence. But legally, I needed help. Most lawyers avoided my case. No one wanted to go up against a major financial institution. Then came him, my rookie lawyer. Young, eager, idealistic. At first, I dismissed him. But I realised he could be moulded, misled, and used.

So, I played the victim. Hid the money trail. Let him fight my battle while I craft a narrative.

We played the sympathy card hard. Media attention helped. I was positioned as a scapegoat. When bail was granted, a donation drive—organised by those I once 'helped'—raised the amount. My lawyer, despite being inexperienced, surprised me. He was diligent, persuasive, and growing confident by the day.

But tension lingered. At every hearing, I feared exposure, anxiety gnawing at me. Office colleagues painted me as temperamental. Some deals lost were attributed to me. Stress built up until I lashed out at my lawyer behind closed doors. He saw glimpses of who I really was beneath the pressure.

The mask slipped slowly.

By June, bail funds ran out. Another failure, and despair set in. I was handcuffed again. I snapped—physically lashed out at him, anger masking my panic. He saw my rage up close. But still, he came to meet me in jail before the final hearing.

"The verdict is on June 17th," he said quietly. The words landed with a heavy, final weight, increasing my dread.

My body shut down. I stopped eating. Four days of hunger became a part of the act—playing the broken, wronged man.

In court, I barely registered the noise. My head buzzed. Then...

"Not guilty."

Relief surged through me like electricity. Elation overwhelmed the exhaustion. I had won. Kartik Ahuja had risen from the ashes.

That evening, I invited my lawyer home. Just the two of us. The storm outside echoed the one that was coming inside. He admired the expensive malt I poured. Asked how I could afford it. I smiled, dodged the question.

Then I confessed.

I told him everything. How I had manipulated the system. How I had exploited emotions—jealousy, greed, hope. How the 3x commission had built a secret fortune. How he had helped a criminal walk free.

His face turned pale. First shock, then a look of betrayal, and finally anger.

"Why?" he asked.

"Money," I replied. "Revenge was the foundation. Cheating the cement. Greed the brick. You? Just the door I needed."

He left, shattered. I poured another drink.

And then the knock came.

The door, alive in my imagination, whispered: "You turned a boy into a monster. And now he's back."

The police were at my doorstep. Again.

Turns out, he had recorded everything.

I was arrested—one final time.

And this time, even I couldn't talk my way out.

अंतिम आयोग

नशा धीरे-धीरे अपनी सीमा पार कर रहा था। लगता है मैं इसका हकदार था। पिछले चार दिन जेल में बीते थे—न कोई सुकून, न कोई राहत। और ये ड्रिंक मेरी आज़ादी का पहला स्वाद था। बाहर बारिश की बौछारें खिड़कियों पर गिर रही थीं, तूफ़ान की गड़गड़ाहट माहौल में घुली थी। जैसे ही मैंने पीठ थानी, एक दस्तक ने सन्नाटा तोड़ दिया।

मैंने दरवाज़ा खोला।

वही वकील सामने खड़ा था—जिसने उसी सुबह मुझे ज़मानत दिलाई थी। पर इस बार उसके साथ दो पुलिसवाले भी थे। मेरा दिल धड़क उठा।

मैं गुस्से में उस पर झपटा, उसका गला पकड़ने की कोशिश की। पुलिसवालों ने मुझे आसानी से काबू में ले लिया। जब मुझे पुलिस वैन में बैठाया गया, तो ज़िंदगी का बोझ जैसे फिर से कंधों पर आ गया।

बारह सौ करोड़। यही आंकड़ा मेरे दिमाग़ में घूम रहा था। जिसके पास इतना पैसा था, वह फिर से इस हालत में कैसे पहुँच गया?

चार हफ़्ते पहले सब कुछ बिल्कुल सही चल रहा था।

मैं एक आम बैंकर था। दिनभर ऑफिस, लोन, टारगेट और फिर घर। मैं सपने बेचता था—घर, गाड़ी, छुट्टियाँ। मेरे खुद के सपने? छोटे लेकिन शाही। मैं अपने काम में माहिर था। लोगों को पढ़ना जानता। ज़्यादा वादा नहीं करता, बस उनके दिमाग़ में एक ख़्वाब बिठा देता—जो उन्हें मुमकिन लगता।

मेरी असली काबिलियत? जलन को पहचानना। यही इंसानी भावना सबका ईंधन थी। लोग वही चाहते थे जो दूसरों के पास था। मैं लोन नहीं बेचता था, मैं पहचान बेचता था।

लेकिन मेरे बैंक में सफलता मेहनत से नहीं, जान-पहचान और राजनीति से मिलती थी। मैंने खुद को तेज़ रखा—सुबह जिम, दिन में फाइनेंस, रात को रणनीति। शुरुआत में मेरा मकसद किसी को धोखा देना नहीं था। लेकिन धीरे-धीरे नाराज़गी बढ़ती गई। मैंने बैंक को सब कुछ दिया, लेकिन इनाम किसी और को मिला।

तो मैंने अपना सिस्टम बनाया। एक छिपा हुआ नियम। 3x कमीशन—छिपा हुआ, बाँटा गया, न बैंक को पता चला न ग्राहक को।

फिर जांच शुरू हुई।

एक इंटरनल ऑडिट में लेन-देन संदिग्ध पाए गए। मुझ पर धोखाधड़ी का आरोप लगा। मैंने सब नकार दिया। मैं कोई टेक्नोलॉजी एक्सपर्ट नहीं था—बस नंबरों में तेज़ था। सिस्टम मेरे लिए बहुत जटिल था, मैंने कहा। लेकिन किसी ने भरोसा नहीं किया। मुझे काम से हटा दिया गया।

अजीब बात ये थी कि समर्थन मिलने लगा। मेरे ग्राहक मेरे पक्ष में आ गए। बोले, बैंक एक ईमानदार आदमी को फँसा रही है। उन्हें वो अतिरिक्त कमीशन बुरा नहीं लगा। उन्होंने माना कि मैंने उनके सपनों को साकार किया।

इसने मुझे ताकत दी। लेकिन क़ानूनी तौर पर मुझे मदद की ज़रूरत थी। बड़े वकील केस लेने से कतरा रहे थे। फिर आया वो—नया, नौसिखिया वकील। युवा, जोशीला, आदर्शवादी। शुरू में मैंने उसे नज़रअंदाज़ किया, लेकिन फिर समझा कि उसे मोड़ना, बहकाना आसान होगा।

मैंने पीड़ित की भूमिका निभाई। पैसों का सुराग छुपाया। उसे लड़ने दिया, मैं कहानी गढ़ता रहा। हर वकीली चाल, हर बहस, हर कागज़—सब मेरे अनुसार। और हर कदम पर, मेरे अंदर एक अजीब संतोष था—जैसे कि मैं एक खेल खेल रहा हूँ, जिसमें जीत केवल मेरे हाथ में थी।

हमने सहानुभूति का कार्ड ज़ोर-शोर से खेला। मीडिया का ध्यान मिला। मुझे बलि का बकरा दिखाया गया। जब ज़मानत मिली, मेरे पुराने ग्राहकों ने चंदा इकट्ठा कर ज़मानत भर दी। मेरा वकील, अनुभवहीन होते हुए भी, काफ़ी बढ़िया निकला। मेहनती, प्रभावशाली, और हर दिन अधिक आत्मविश्वासी था।

लेकिन तनाव बना रहा। हर सुनवाई में डर लगता था कि कहीं सच सामने न आ जाए। ऑफिस के लोग मुझे चिड़चिड़ा बताते। कुछ डील्स के टूटने का ठीकरा मुझ पर फोड़ा गया। मैंने अपनी हताशा वकील पर निकाली। उसने मेरे असली रूप की झलक देखी।

मेरा नक़ाब धीरे-धीरे उतरने लगा।

जून तक ज़मानत की राशि खत्म हो गई। फिर से गिरफ्तारी। इस बार मैं फट पड़ा—शारीरिक रूप से उस पर हमला किया। उसने मेरा गुस्सा नज़दीक से देखा। लेकिन फिर भी, वो जेल में मुझसे मिलने आया, अंतिम सुनवाई से पहले।

"फैसला 17 जून को होगा," उसने शांत स्वर में कहा।

मेरा शरीर सुन्न हो गया। मैंने खाना छोड़ दिया। चार दिन की भूख भी मेरी योजना का हिस्सा बन गई—एक टूटा हुआ, सताया हुआ इंसान बनने का।

कोर्ट में शोर सुनाई नहीं दे रहा था। सिर में भनभनाहट हो रही थी। फिर—

"दोषमुक्त।"

एक करंट सा दौड़ गया शरीर में। मैं जीत गया था। कर्टिक आहुजा राख से फिर से उठ गया था।

शाम को मैंने वकील को घर बुलाया। सिर्फ हम दोनों। बाहर का तूफ़ान जैसे अंदर के तूफ़ान का संकेत दे रहा था। उसने उस महंगे मॉल्ट की तारीफ की जो मैंने परोसी। पूछा—मैं ये कैसे अफोर्ड कर सकता हूँ? मैंने मुस्कराकर बात घुमा दी।

फिर मैंने स्वीकार किया।

सब कुछ बता दिया। कैसे मैंने सिस्टम को मोड़ा। कैसे जलन, लालच, और उम्मीद को हथियार बनाया। कैसे 3x कमीशन से एक गुप्त संपत्ति बनाई। कैसे उसने एक अपराधी को बरी करवा दिया।

उसका चेहरा फीका पड़ गया। धोखा खाया और गुस्से में था।

"क्यों?" उसने पूछा।

"पैसे के लिए," मैंने कहा। "बदला नींव था। धोखा सीमेंट। लालच ईंट। तुम? बस वो दरवाज़ा जिसकी मुझे ज़रूरत थी।"

वो चला गया—टूट कर। मैंने एक और पैग डाला।

और फिर दस्तक हुई।

मेरी कल्पना में दरवाज़ा फुसफुसाया: "तूने एक लड़के को राक्षस बना दिया। अब वो वापस आ गया है।"

पुलिस फिर से दरवाज़े पर थी।

पता चला कि उसने सब रिकॉर्ड कर लिया था। मैं फिर से गिरफ़्तार हुआ—शायद आख़िरी बार।

और इस बार, मैं खुद को भी नहीं बचा सका।

Mario

Mario, that is truly my name. A name made famous by the Mario Bros games, where two brothers join forces to conquer every stage, travelling through countless tubes and pipes. Sometimes the programming is flawed, leading to strange loopholes and hidden dimensions, all in pursuit of a princess who needs rescuing—a damsel in distress. And I am the knight, Mario, determined to win the moment and claim my place.

Yes, I am Mario. The dogs and ducks chasing me in the game are just symbols of the real-life challenges I face. As you read my story, you might find your own struggles reflected in mine—because hearing someone else's journey sometimes shows us a way forward. So, relax and see if my story feels familiar.

Well, I am Mario, and my princess is my wife. I treasure our cosy moments, the warmth of our breath mingling, and the silly joys of intimacy on special occasions. But just like in the game, there's always a dragon I must save her from—our endless expenses, the spending, and the constant complaints about others having more than what I can provide.

You guessed it right. I'm Mario. Waiting for those intimate, sensual nights, I often feel the ache of having no kids—a daily disappointment that sparks another fight with my princess. Like the game, I'm hit by life's unexpected obstacles, dreaming of things I can't seem to reach, always chasing but never quite winning certain battles.

Do you know who I am now? No, no—I'm not just a common man. I said I'm Mario. The dragons are many, not just one like in the game, and slaying them isn't easy. Let me explain. For me, the game begins at 5:30 a.m.—I wake up to see what life has in store. And there she is, with a selfie stick stretched across her balcony, wearing a silk satin shirt. That's how my beautiful day begins.

Yes, I'm cheating on my princess—but only in my mind. I don't know the damsel in distress, not even her name, nor can I ever be close to her in real life. She's the honeybee of high society, while I'm just a middle-class man making life's compromises. I wish I could spend a day with her, but walking beside her on the road without her Mercedes would seem far too odd, you see.

Still wondering who I am—a man with a Hero Honda Splendour bike, riding like a Road Rash character who always wants to be ahead, making sure he wins every race. He pushes through people, starts strong, but somehow always ends up last. I make small upgrades with mutual funds and gold ETFs, feeling on top of the world at 5:30 a.m. when I see my bestie, my beauty. A home loaner, with little knowledge of computers, yet a programmer. I am not the best at what I do—that's why I call myself a jack of all trades.

Yes, I am Mario. Some years I jump high and grab the flag, winning thousands of points, and some years I fall short. Slowly accumulating belly fat that might one day slip through the gaps between tiny bricks, just like in the game. Soon, I'll be replaced by Luigi, as I can barely take a breath anymore.

I've had my public love affairs with my princess—going to movies, though sometimes for other reasons. You may never know, sometimes it's a disaster. These days, Gen Z is so absorbed in their own world that I can easily hide and blend in wherever I want. Life has gone far beyond the age of love; I no longer understand how I'm ageing. I'm not a good person—people can easily hate me. I'm supportive, yet I curse—that's just my story. No one has to relate, and I know no one truly can. I'm just Mario, crazy and lost.

And now, I reveal my identity—yes, I am Mario. An unknown programmer, a flawed character in so many ways. I see parts of myself in every line of code I write. Each day, I create characters for the game, ensuring they are perfect and true. Yet Gen Z can still find my hidden bugs—the side pipe entries and secret levels filled with coins. Accept me or not, the game remains beautiful. I may be a loser, but Mario in the game is always a winner.

मारियो

मारियो, ये ही मेरा नाम है। एक ऐसा नाम जो Mario Bros गेम्स की वजह से हर किसी को मालूम है — दो भाई, जो हर लेवल को पार करते हुए, नलियों और पाइप्स में कूदते-फांदते, एक राजकुमारी को बचाने की तलाश में हैं। कभी गड़बड़ प्रोग्रामिंग, तो कभी कोई गुप्त रास्ता, सब कुछ सिर्फ उस एक पल के लिए होता है जब जीत हाथ लगे।

हाँ, मैं भी वही Mario हूँ। पर मेरे गेम में जो कुत्ते और बत्तखें मेरा पीछा करते हैं, वे असल ज़िन्दगी की चुनौतियाँ हैं। अब आप जो ये कहानी पढ़ रहे हो, शायद ये जानना चाहोगे कि मेरी ज़िन्दगी की लड़ाई क्या है — ताकि तुम्हें भी ज़िन्दगी के उस बोझ से राहत मिल सके। क्योंकि जब दर्द को कोई कहानी बना देता है, तो सुनने वाला कुछ देर के लिए खुद को उसमें देख लेता है।

मैं Mario हूँ। मेरी राजकुमारी — मेरी पत्नी है। हमारे बीच के वो सुकून भरे पल, वो गर्म साँसें जो कभी-कभी एक-दूसरे से टकरा जाती हैं — वही मेरी दुनिया है। पर हर बार मुझे एक ड्रैगन से लड़ना होता है।

वो ड्रैगन है — खर्चे, उम्मीदें, और दूसरों से तुलना की आग। हाँ, आपने सही समझा।

Mario हूँ – इंतज़ार करता हूँ उन हसीन रातों का, पर फिर हर रोज़ एक नई लड़ाई – हमारे कोई बच्चे नहीं हैं – एक और हार, जैसे किसी बत्तख से टकरा कर गेम में मर गया। और शायद इसलिए मैंने बत्तखों को इस कहानी में रखा – कुछ चीज़ें जो तुम्हारे पास नहीं होतीं, उन्हीं के सपनों में तुम सबसे ज्यादा खो जाते हो।

अब भी नहीं समझे कि मैं कौन हूँ? मैं कोई आम आदमी नहीं। मैं Mario हूँ। पर यहाँ मेरे सामने सिर्फ एक ड्रैगन नहीं – कई हैं। हर दिन का गेम 5:30 AM से शुरू होता है। और मेरा पहला लेवल? मेरी बालकनी से एक औरत को देखना – सिल्क की शर्ट में, एक सेल्फ़ी स्टिक लिए हुए। वो मेरे दिन की शुरुआत है।

हाँ, मैं अपनी राजकुमारी से दिमाग़ में बेवफाई करता हूँ – पर उस औरत का नाम तक नहीं जानता।

वो हाई-सोसाइटी की मधुमक्खी है, और मैं एक मिडिल-क्लास आदमी – जिसकी ज़िन्दगी समझौतों में बीतती है। काश एक दिन उसके साथ सड़क पर चल सकूँ – पर बिना उसकी मर्सिडीज़ के वो मुमकिन नहीं। अब भी सोच रहे हो मैं कौन हूँ? Hero Honda Splendor पर चलता हूँ – जैसे Road Rash का कोई कैरेक्टर, हर किसी को पीछे छोड़ने की कोशिश में – कभी Mutual Funds से, कभी Gold ETFs से थोड़ा अपग्रेड करता हूँ। और जब 5:30 बजे अपनी वो बालकनी वाली हसीना को देखता हूँ, तो खुद को दुनिया का राजा समझता हूँ।

एक होम लोन वाला प्रोग्रामर, जिसे कंप्यूटर की पूरी समझ नहीं है, फिर भी कोडिंग करता हूँ। मैं किसी भी चीज़ में सबसे अच्छा नहीं हूँ, इसलिए खुद को "Jack of all trades" कहता हूँ।

Mario हूँ – कभी ऊँचा कूदकर जीत की ध्वज पकड़ लेता हूँ, कभी खाली हाथ नीचे गिरता हूँ।

धीरे-धीरे पेट निकल रहा है – एक दिन वही ईंटों के बीच की खाली जगह में अटक जाऊँगा। शायद Luigi मेरी जगह ले ले – क्योंकि अब तो एक सांस भी भारी लगती है।

मैं और मेरी राजकुमारी – सार्वजनिक प्यार, सिनेमा डेट्स, पर कभी-कभी वो भी सिर्फ दिखावे के लिए होते हैं। Gen Z की दुनिया में, मैं कहीं भी छुप सकता हूँ – क्योंकि अब उम्र प्यार से आगे निकल चुकी है। मैं अच्छा इंसान नहीं हूँ – मुझसे लोग आसानी से नफरत कर सकते हैं।

मैं सहारा भी देता हूँ,
पर कभी-कभी बुरा भी बन जाता हूँ। पर ये कहानी मेरी है – और शायद किसी और को इससे मतलब नहीं।
मैं सिर्फ Mario हूँ – पागल और खोया हुआ। और अब मैं अपनी पहचान पूरी तरह बता देता हूँ –
हाँ, मैं ही Mario हूँ। एक अनजान प्रोग्रामर, हर दिन अपने बनाए परफेक्ट कैरेक्टर्स को देखते हुए
अपनी ज़िन्दगी की गड़बड़ को ठीक करने की कोशिश करता हूँ। मैंने हर किरदार को गेम में रचा –
हर एक को सही बनाया, पर फिर भी Gen Z मेरी गड़बड़ी को पकड़ लेती है – कोई छुपा पाइप, कोई रहस्यमयी लेवल जहाँ सिक्के छुपे हैं।
मुझे स्वीकार करो या नहीं – पर ये गेम खूबसूरत है। मैं ज़िन्दगी में एक हारा हुआ इंसान हो सकता हूँ –
पर गेम में Mario हमेशा एक विजेता रहेगा।

Through My Windshield: A Car's Journey

A simple blue 4-door SUV with a big windshield and four rings on the grille. People call me Audi Q5, but I am such a simple-hearted car. People are so proud to own me, but for me, it's just a shuffle from one owner to another. I just have a single directive purpose fed into me.

They say my computer is complicated, every button programmed so carefully, and the detailing is like a painting crafted by an artist. For me, I just know I am to make sure I run, move from point A to B, and keep my problems heard. I look after the safety of my passengers like their mother. I am a machine people remember, so how can I be emotional? I will complain like a wife when my service is due, the oil is degrading, the wiper fluid is low, and the petrol is gone because my engine drank more than usual.

The best part comes when I beep for the seat belt not being worn. It would have been a fun sound, but the music system is the king of sound, with Afro tunes just flowing as soon as I am switched on. And then there are the balloons—my airbags—which wait for a bad accident before they can be deployed. But my braking system is the wife of the airbags; they hardly get to say anything as the brakes deal with most of the struggles.

I have seen many things, yet I am so simple. So many meters inside me, some digital and some analogue. I am costly but still affordable. I am simply a blue car of dreams, and when I become reality, I am the love that every boy or man has. My amazing beauty, the design, and the lines speak loudly from my hood to the back of the SUV, but still, customisation is much wanted by everyone. Well, boys do want to have fun as well. Muscle boys are so soft at heart—you get to know when the customisation begins. They never cry when a tattoo is done on them, but my hood getting cut for a modification brings so many tears to their eyes.

Once those modifications are done, they turn into proud fathers, as if they have raised a child so disciplined that everyone is turning their heads and saying, "Wow, look at that child; how nicely and properly the parent has raised them." Although their own driving is so reckless that I always fear the next few days will surely be spent in the police impound with the dusty, rusty old cousins and relatives of mine.

The best part is my rear-view mirrors and windshield. They see all the objects from far off and up close. The engine may make a lot of complaining noise, but these mirrors just enjoy the scenic beauty all the time. They enjoy the rain and bear the dust, but make sure to be kept clean and shiny.

Well, I don't want to stop talking, but it is office time, and I need to go face the traffic, the shouting and howling, and my dear friend driving to work, also making sure his voice is heard. Come by midnight; we will talk a lot more.

मेरी विंडशील्ड से:
एक कार की यात्रा

एक साधारण नीली 4-दरवाजे वाली एसयूवी, जिसमें एक बड़ी विंडशील्ड और ग्रिल में चार रिंग होती हैं। लोग मुझे ऑडी Q5 कहते हैं, लेकिन मैं एक सरल-मन वाली कार हूँ। लोग मुझे रखने पर गर्व महसूस करते हैं, लेकिन मेरे लिए, यह बस एक मालिक से दूसरे मालिक के पास जाते रहने का सिलसिला है। मुझे केवल एक निर्देशात्मक उद्देश्य सिखाया गया है। वे कहते हैं कि मेरा कंप्यूटर जटिल है, हर बटन बहुत सावधानी से प्रोग्राम किया गया है, और डिटेलिंग एक कलाकार द्वारा बनाई गई पेंटिंग की तरह है।

मेरे लिए, मैं सिर्फ यह जानती हूँ कि मुझे यह सुनिश्चित करना है कि मैं चलूँ, बिंदु A से बिंदु B तक जाऊँ, और अपनी समस्याओं को सुनाऊँ। मैं अपने यात्रियों की सुरक्षा का ख्याल एक माँ की तरह रखती हूँ। मैं एक मशीन हूँ जिसे लोग याद रखते हैं, तो मैं कैसे भावुक हो सकती हूँ?

मैं एक पत्नी की तरह शिकायत करूंगी: मेरी सेवा का समय हो गया है, तेल खराब हो रहा है, वाइपर तरल कम हो गया है, और पेट्रोल खत्म हो गया है क्योंकि मेरे इंजन ने और अधिक पी लिया। सबसे अच्छा हिस्सा आता है जब मैं सीट बेल्ट न पहनने के लिए बीप करती हूँ। यह एक मजेदार आवाज होती है, लेकिन संगीत प्रणाली ध्वनि की रानी है; जैसे ही मुझे चालू किया जाता है, अफ्रीकी धुनें बहने लगती हैं।

और फिर मेरे एयरबैग्स हैं, जो खराब दुर्घटना का इंतजार करते हैं ताकि उन्हें तैनात किया जा सके। लेकिन मेरी ब्रेकिंग प्रणाली एयरबैग्स की पत्नी है; उन्हें शायद ही कुछ कहने का मौका मिलता है क्योंकि ब्रेक अधिकांश संघर्षों से निपटते हैं। मैंने बहुत सारी चीजें देखी हैं, फिर भी मैं इतनी साधारण हूँ। मेरे अंदर कई मीटर होते हैं, कुछ डिजिटल और कुछ एनालॉग।मैं महंगी हूँ लेकिन फिर भी किफायती। मैं सपनों की एक साधारण नीली कार हूँ, और जब मैं हकीकत बनती हूँ, तो मैं हर लड़के से आदमी के पास प्यार बन जाती हूँ। मेरी अद्भुत सुंदरता, डिजाइन और लाइन्स मेरी हुड से लेकर एसयूवी के पीछे तक जोर से बोलती हैं, लेकिन फिर भी, अनुकूलन कुछ ऐसा है जो हर कोई चाहता है।

खैर, लड़के भी मज़े करना चाहते हैं। मांसल लड़के दिल से इतने नरम होते हैं, जब अनुकूलन शुरू होता है तो आप इसे जानते हैं। वे कभी नहीं रोते जब उन पर टैटू किया जाता है, लेकिन मेरे हुड में संशोधन के लिए कट लगने पर उनकी आँखों में आँसू आ जाते हैं।

एक बार जब उन संशोधनों को पूरा कर लिया जाता है, तो वे गर्वित पिता बन जाते हैं, जैसे कि उन्होंने एक बच्चे को इतना अनुशासित तरीके से पाला हो कि हर कोई अपने सिर घुमाकर कहता है, "वाह, उस बच्चे को देखो; माता-पिता ने कितनी अच्छी और सही तरीके से पाला है।"

हालांकि उनकी खुद की ड्राइविंग इतनी लापरवाह है कि मुझे हमेशा अगले कुछ दिन पुलिस इम्पाउंड में बिताने का डर रहता है, जहाँ मेरे धूल भरे, जंग लगे पुराने चचेरे भाई और रिश्तेदार हैं।

सबसे अच्छा हिस्सा मेरे रीयर-व्यू मिरर और विंडशील्ड हैं। वे सभी वस्तुओं को दूर से और पास से देखते हैं। इंजन भले ही बहुत सारी शिकायत वाली आवाज करता हो, लेकिन ये मिरर हमेशा सुंदर दृश्य का आनंद लेते हैं। वे बारिश का आनंद लेते हैं और धूल को सहते हैं, लेकिन सुनिश्चित करते हैं कि उन्हें साफ और चमकदार रखा जाए।

खैर, मुझे बात करना बंद नहीं करना चाहिए, लेकिन कार्यालय का समय हो गया है, और मुझे जाना है। यातायात, चिल्लाहट और चीख-पुकार का सामना करना, और मेरे प्यारे दोस्त को काम पर ले जाना, यह भी सुनिश्चित करना कि उसकी आवाज सुनी जाए। आधी रात को आना; हम बहुत सी बातें करेंगे।

The Unscripted Proposal

A normal night—dinner placed on the table, nothing too major happening in life—just waiting for my partner to return from work. It was supposed to be a romantic night; something important was about to happen.

Before I could dwell on the anticipation, the phone rang, pulling me abruptly from my thoughts.

An emergency call.

Silence broke through as I heard the voice on the other end. Confusion and unease settled over me.

The dialogue was odd, echoing in my mind.

"Hello, is this Manavsi? We need you to come down to Coffee Diaries ASAP."

I couldn't say much—hardly anything, to be honest. Maybe nothing at all. My mind spiralled into crazy thoughts, lost in a space apart.

Coffee Diaries. It was a place Rohan and I visited often. Instantly, my thoughts shifted—was he okay? With a choked-up heart, I rushed over, anxiety rising with each step.

The café was dark. The lights were off. But I was sure this was the right address.

Just as doubt crept in, a spotlight fell on me.

Rose petals were scattered on the ground before me. My mind swirled with confusion, but I kept my thoughts calm and followed where the petals led.

Then, I saw it—Rohan's cigarette case. But he wasn't there.

A sudden surge of fear swept over me—first for Rohan, then for myself. The familiar café now felt eerily haunted, every shadow amplifying my dread.

I shouted into the emptiness, "Koi hai kya yahan? Mujhe call aaya tha, jaldi aane ko bola tha!"

A voice responded from the shadows.

"Tumhe pata chalega, par ek challenge hai. Us table par baitho aur andhere mein raho."

I did as I was told. Darkness engulfed me. And then... a voice, deep and familiar, spoke:

"Hum saath rahte hain itne saalon se, ladte hain aur jhagadte hain. Par subah woh toast na mile toh life incomplete lagti hai. Coffee aur chai ki ladaai na ho toh din adhoora lagta hai. Kuch toh zaroori hai... aur tumhara hona bhi zaroori hai. Yeh rishta kya hai, pata nahi... par I love you. Chalo, let's get married."

The lights flickered on.

Rohan stood before me, down on one knee, a ring in his hand. The table was set with flowers and cake.

Silence filled the room.

Rohan, still on his knees, his pain growing, waited for my response.

People around us—familiar faces who had seen us together so many times—watched, anticipating.

And then, I stood up... and walked away.

Confused, Rohan followed, unsure which table to go to as I paced around, talking to myself. This wasn't part of his plan.

Finally, I walked back to him, picked up my purse, and stood still.

Silence stretched.

Then, as I moved toward the door, I turned back and softly said, "Thank you."

I paused. Then, extending my hand toward him, I waited.

Rohan, still processing everything, quickly settled the bill.

And together, we walked out of the café.

अनलिखित प्रस्ताव

एक आम रात—डिनर टेबल पर सजा हुआ, ज़िंदगी में कुछ ज़्यादा खास नहीं, बस अपने पार्टनर के काम से लौटने का इंतज़ार। यह एक रोमांटिक रात थी, कुछ महत्वपूर्ण होने वाला था।

तभी फोन की घंटी बजी।

इमरजेंसी कॉल।

सन्नाटा टूट गया जब मैंने दूसरी तरफ़ से आवाज़ सुनी। दिमाग उलझ गया, दिल घबरा उठा।

बातचीत थोड़ी अजीब थी, लेकिन दिमाग में गूंज रही थी—

"हैलो, क्या ये मानवसी बोल रही हैं? आपको तुरंत 'कॉफ़ी डायरीज़' आना होगा!"

मैं कुछ ज़्यादा नहीं कह पाई—सच कहूं तो कुछ भी नहीं।

बस अजीब ख्यालों में खो गई, जैसे किसी और ही दुनिया में चली गई हूँ।

कॉफ़ी डायरीज़।

जहाँ मैं और रोहन अक्सर जाया करते थे। पहला ख्याल आया— *वो ठीक तो होगा ना?*

दिल घबराया हुआ था, लेकिन मैं तेज़ी से वहाँ पहुँची। और जैसे-जैसे आगे बढ़ी, सांसें और भी भारी होती गईं।

कैफ़े बंद था। चारों तरफ़ अंधेरा।

लेकिन मैं जानती थी कि ये सही जगह थी।

अचानक, एक स्पॉटलाइट मुझ पर पड़ी।

ज़मीन पर गुलाब की पंखुड़ियाँ बिखरी हुई थीं।

मैं अब भी उलझन में थी कि ये सब क्या हो रहा है, लेकिन खुद को शांत रखा और उन पंखुड़ियों के निशान पर चलती रही।

तभी मैंने देखा—रोहन का सिगरेट केस।

लेकिन वो कहीं नहीं था।

डर लगने लगा।

मेरे लिए... और उसके लिए भी।

आज 'कॉफ़ी डायरीज़' इतनी डरावनी क्यों लग रही थी?

मैं घबराकर चिल्लाई, *"कोई है यहाँ? मुझे कॉल आया था, जल्दी आने को कहा था!"*

एक आवाज़ गूँजी—

"तुम्हें सब पता चलेगा, लेकिन पहले एक चैलेंज है। उस टेबल पर बैठो और अंधेरे में रहो।"

मैंने वैसा ही किया। चारों ओर घना अंधेरा छा गया।

तभी... एक जानी-पहचानी आवाज़ सुनाई दी—

"हम साथ रहते हैं इतने सालों से, लड़ते हैं और झगड़ते भी हैं। पर सुबह अगर टोस्ट ना मिले तो ज़िंदगी अधूरी लगती है। कॉफ़ी और चाय की लड़ाई ना हो तो दिन अधूरा लगता है। कुछ तो ज़रूरी है... और तुम्हारा होना भी ज़रूरी है। ये रिश्ता क्या है, पता नहीं... पर I love you. *चलो, शादी कर लेते हैं।"*

लाइट जल उठी।

रोहन मेरे सामने घुटनों पर बैठा था, हाथ में एक अंगूठी लिए।

टेबल पर फूल और केक रखा था।

कमरा एकदम शांत हो गया।

रोहन अब भी अपने घुटनों पर था, दर्द महसूस कर रहा था, लेकिन उसका इंतज़ार जारी था।

आसपास मौजूद लोग—जो हमें यहाँ कई बार साथ देख चुके थे—अब हमें देख रहे थे, जवाब का इंतज़ार कर रहे थे।

और मैंने...

मैंने चुपचाप अपनी कुर्सी से उठकर एक दूसरी टेबल की तरफ़ कदम बढ़ाए।

रोहन अब और ज़्यादा उलझन में था।

वो मेरी तरफ़ बढ़ा, लेकिन ये समझ नहीं पा रहा था कि कौन-सी टेबल पर जाए, क्योंकि मैं लगातार इधर-उधर चल रही थी, खुद से बातें कर रही थी।

ये तो प्लान में नहीं था।

आख़िरकार, मैं उसके पास आई।

अपना पर्स उठाया।

कमरे में अब भी सन्नाटा पसरा था।

कोई जवाब नहीं।

फिर, मैं दरवाज़े की तरफ़ बढ़ी और अचानक मुड़कर कहा—*"थैंक यू।"*

कुछ पल ठहरी, फिर धीरे से अपना हाथ उसकी तरफ़ बढ़ाया।

रोहन ने जल्दी से बिल चुकाया।

और फिर, हम दोनों साथ में कैफ़े से बाहर निकल गए।

Ten Years of Service

He arrived in the city in 2012—not alone, but with his wife. A marriage that had just six months back, a suitcase of dreams, and the kind of hope that comes only when you've left your home and the comfort zone you once belonged to.

The city welcomed them with rain, not a drizzle, but a shower. They didn't mind; it was romantic, in a way. Wet roads, shared umbrellas, laughter despite the uncertainty ahead. No choice between coffee or chai, but they missed the pakoras from New Delhi, replacing them instead with kebabs and some biryani for flavour.

The initial days passed without thoughts of the struggles ahead. The struggle began slowly—as life has a way of granting victories only after putting you through a test. A single salary can easily bring life to a halt. Spending gets crushed, and you're forced into a tight budget.

The other partner, despite seeing the tired smile every night, kept searching for a better job for herself—a decent rented home for them. The company accommodation was valid for just one week. With ups and downs, they finally found a house and began laying the foundation of a new life. With some family support, they eventually found a better place to live. The year ended with small celebrations and humble victories.

The second year brought more challenges. Still, the couple held on to hope—starting the year with birthday celebrations and other joyful moments in between. But more hurdles crept in—long hours of medical coding work. The tasks were simple, but the pressure was overwhelming. She still had no job.

Frustration started to rise, and with it, fights crept in. Smiles were still present, but love began to drift.

The beauty of a relationship is in understanding the pain, in knowing what you're willing to do for love and family. A quiet ambition burned inside both—he, to earn the position he deserved; she, to reach the one she hadn't yet found. Still, they held on to each other—somehow, just somehow.

But when the year ended, the reward hadn't come. A decision had to be made—stay or shift to a new department?

The third year was filled with uncertainty. A promotion seemed within reach, and the better half finally got a position in the same office. They didn't have the best cards, but some troubles were left behind. Two incomes began to flow, and managing finances together became possible. The dream of a better lifestyle started to feel real. Small luxuries became affordable—not the best car, but the dream of owning one was now alive.

But the promotion still didn't come. That made the decision to move departments easier—extra money would have helped. A transfer came, and with it, a small celebration. New beginnings, new hopes.

But life had its own rhythm—and this time, it dipped again.

The third year ended with a broken leg, which lingered well into the fourth. Still, he surprised his wife with a birthday celebration. They talked about having a baby, but money wasn't enough—not yet. They had a car now, but more responsibilities too. He worked the graveyard shift, adapting slowly. Diwali came and went. At work, things finally began to look up—a whisper of that long-awaited promotion.

But time with loved ones kept shrinking.

By the fifth year, hard work started to pay off. The promotion finally arrived. They revisited the idea of becoming parents. With more stable finances and stronger footing, they tried.

But starting a family isn't as easy as the movies make it seem. Obstacles tested them constantly—personally, emotionally, professionally. Yet they kept going.

Years six and seven were tightrope walks. Every day could have meant a fall. But he balanced. And so did she.

Love was drying up slowly. Work created frustration and anger. Rage lived on both ends, and the fights could have broken anyone's patience.

It's easy to dream of a perfect husband-and-wife life. People think love marriages are simple. But they're not.

Then came the loss of his grandmother. Mourning wasn't an option when his father was slipping into depression. There was no time to grieve, no space to pause. Work didn't stop. Responsibilities didn't stop.

In the eighth year, joy arrived. Their baby—their little king—was born. His tiny feet brought chaos, laughter, and healing. When work crushed the spirit, their son lifted it back up.

His parents moved in to help, but with support came disagreements. The plan to buy a house began—not just for investment, but for peace, space, and a little more control over life. It made a lot of sense. Still, a part of him felt empty. Emotions he had locked inside remained buried.

The ninth and tenth years were filled with punches—and rolling with them. His efforts earned him a business trip abroad. Soon after, a promotion to Team Manager followed.

But what no one saw coming was his own health giving way. Seizure after seizure—thirty in total. Each one chipped away at his strength.

The worst part? The bitterness and coldness that followed.

He had always wanted to be a strong image for his son. But his son had to see him fall—and be afraid.

And just when he thought he had taught loyalty, betrayal crept in—from the ones he trusted the most.

He realised he had been foolish to trust so easily. He had helped, supported, offered shoulders in times of others' needs. But now, in his darkest moments, no one remained.

It felt like Caesar all over again. The ones you protect... turn their backs. And suddenly, years of giving, adjusting, and enduring stood in silence. Now, at eleven years and ten months—he stands still. Not defeated, but changed. No support left. No hand to hold.

But somewhere, deep down, a flicker remains. Not of hope, perhaps. But of resilience. Because this journey wasn't just about career milestones. It was about love tested. Strength stretched. And a man who refused to give up—every single day.

A final realisation:

Trust is just a word. No one speaks without a purpose. The "nice person" slowly rots under expectations and betrayal. Now, he opens his palm—not in anger, not in demand, but in silent hope. That someday, love might return. That someone might care again.

That someday, someone will ask, "Are you okay?" And say, "Can I be your pamper companion?"

सेवा के दस वर्ष

वो शहर आया था साल 2012 में — अकेला नहीं, अपनी पत्नी के साथ। एक नई शादी जो सिर्फ़ छह महीने पहले हुई थी, सपनों से भरा एक सूटकेस, और वो उम्मीद जो तब होती है जब आप अपना घर, अपनी ज़ोन ऑफ़ कम्फर्ट छोड़कर निकले हों।

शहर ने उनका स्वागत बारिश से किया — हल्की फुहार नहीं, बल्कि ज़ोरदार बारिश से। उन्हें बुरा नहीं लगा, उल्टा उन्हें यह रोमांटिक-सा लगा। गीली सड़कें, एक छाता दोनों के लिए, और भविष्य की अनिश्चितता के बीच भी हँसी। कॉफ़ी या चाय का कोई विकल्प नहीं था, दिल्ली के पकौड़ों की याद तो आई, पर हैदराबादी कबाब और बिरयानी ने स्वाद का काम संभाल लिया।

शुरुआती दिन बिना संघर्ष की चिंता के निकल गए। धीरे-धीरे मुश्किलें शुरू हुईं — क्योंकि ज़िंदगी जीत तभी देती है जब आप इम्तिहानों से गुज़रते हैं। एक सैलरी से ज़िंदगी रुक सकती है। खर्चे दब जाते हैं, बजट कस जाता है।

दूसरी साथी वो, थकी मुस्कान को रोज़ देखती, फिर भी खुद के लिए एक बेहतर नौकरी और दोनों के लिए एक ढंग का किराए का घर खोजती रही। कंपनी का अस्थायी रहना सिर्फ़ एक हफ्ते के लिए था।

काफी उतार-चढ़ाव के बाद, उन्हें एक घर मिला — जहाँ उन्होंने नए जीवन की नींव रखी।

कुछ पारिवारिक मदद से एक बेहतर घर भी मिल गया।
साल का अंत छोटे जश्न और विनम्र जीतों के साथ हुआ।
दूसरे साल ने और चुनौतियाँ लाईं।
फिर भी, इस जोड़े ने उम्मीद का दामन थामे रखा — जन्मदिन मनाए,
कुछ खास पल बनाए।
लेकिन दिक्कतें बढ़ती गईं — मेडिकल कोडिंग में लंबी ड्यूटी, काम
आसान था, पर दबाव भारी।
उधर, उसके पास अभी भी कोई नौकरी नहीं थी।
झुंझलाहट बढ़ी, और झगड़े घर करने लगे।
मुस्कानें थीं, लेकिन प्यार दूर होता गया।

रिश्ते की खूबसूरती है — दर्द को समझना, और ये जानना कि आप अपने प्यार और परिवार के लिए क्या कर सकते हैं।

दोनों के भीतर एक शांत महत्वाकांक्षा जल रही थी — वो एक ऊँचे पद पर पहुँचना चाहता था, और वो उस मुकाम पर पहुँचना चाहती थी जहाँ वो फिलहाल नहीं थी।

फिर भी, वे एक-दूसरे को थामे रहे — जैसे-तैसे।

पर जब साल खत्म हुआ, तो इनाम नहीं मिला।

एक फैसला लेना था — उसी विभाग में रहें या नया रास्ता लें?

तीसरे साल में असमंजस छाया रहा। प्रमोशन करीब लगता था, और उसकी पत्नी को भी उसी ऑफिस में नौकरी मिल गई थी।

अब उनके पास सबसे अच्छे कार्ड तो नहीं थे, लेकिन कुछ मुश्किलें पीछे छूट गई थीं। दोनों की सैलरी आनी शुरू हो गई थी, और मिलकर पैसे संभालना आसान हो गया था।

ज़िंदगी थोड़ी बेहतर लगने लगी थी। थोड़ी बहुत लग्जरी भी आने लगी — कोई महँगी गाड़ी नहीं, लेकिन एक छोटी गाड़ी का सपना अब हक़ीक़त-सा लगने लगा था। लेकिन प्रमोशन फिर भी नहीं मिला। उसकी उम्मीद टूट गई। ये निर्णय लेना थोड़ा आसान हो गया कि विभाग बदलना चाहिए — थोड़ा और पैसा मदद करता। ट्रांसफर मिला, और एक छोटा सा जश्न भी हुआ — नई शुरुआत, नए रास्ते। लेकिन ज़िंदगी का अपना राग था — और इस बार सुर फिर से बिगड़ गया। तीसरा साल एक टूटे पैर के साथ खत्म हुआ — जो चौथे साल तक चलता रहा।

फिर भी, उसने अपनी पत्नी को जन्मदिन पर सरप्राइज़ दिया। दोनों ने बच्चे के बारे में सोचना शुरू किया, पर पैसे अभी भी कम थे। अब उनके पास गाड़ी थी, लेकिन ज़िम्मेदारियाँ भी बढ़ गई थीं। वो नाइट शिफ्ट में काम करता था — धीरे-धीरे खुद को ढालते हुए। दिवाली आई और चली गई। काम में थोड़ी बहुत उम्मीदें नज़र आईं — लंबे समय से प्रतीक्षित प्रमोशन की फुसफुसाहटें।

लेकिन अपनों के साथ बिताने का वक़्त लगातार कम होता गया। पाँचवें साल में मेहनत रंग लाई। प्रमोशन मिला। उन्होंने फिर से बच्चे के बारे में सोचा। अब पैसे थोड़े स्थिर थे, ज़मीन थोड़ी मज़बूत थी — तो उन्होंने कोशिश की। लेकिन एक परिवार शुरू करना फिल्मों जितना आसान नहीं होता। अड़चनें आईं — निजी, मानसिक, और पेशेवर।

फिर भी वे चलते रहे।

छठा और सातवाँ साल जैसे रस्सी पर चलना था।

हर दिन गिरने का डर था।
लेकिन उसने संतुलन बनाए रखा।
और उसने भी।
प्यार धीरे-धीरे सूख रहा था।
काम गुस्सा दे रहा था।
क्रोध दोनों तरफ़ था, झगड़े ऐसे कि किसी की भी सहनशक्ति टूट सकती थी।
दुनिया को लगता है कि लव मैरिज आसान होती है।
पर असल में ऐसा नहीं होता।
फिर उसकी दादी की मृत्यु हुई।
शोक मनाना भी मुमकिन नहीं था — पिता डिप्रेशन में जा रहे थे।
न रुकने की जगह थी, न समय।
काम भी नहीं रुका, ज़िम्मेदारियाँ भी नहीं।
आठवें साल में खुशी आई।
उनका बेटा — उनका नन्हा राजा — जन्मा।
उसके छोटे-छोटे कदमों ने घर में हलचल, हँसी और इलाज ले आए।
जब काम आत्मा को कुचल रहा था, बेटा उसे फिर उठाता था।
माता-पिता मदद के लिए आ गए — लेकिन उनके साथ कुछ असहमति भी आई।
एक घर ख़रीदने का विचार शुरू हुआ — सिर्फ़ निवेश के लिए नहीं, बल्कि शांति, स्पेस और थोड़े ज़्यादा नियंत्रण के लिए।
बिल्कुल सही फैसला था।
लेकिन एक अधूरी-सी भावना अब भी अंदर कहीं बसी थी।
जो भावनाएँ उसने अंदर बंद कर दी थीं, वो आज भी बस भीतर ही थीं।
नवां और दसवां साल झटकों से भरे थे — और उन झटकों से जूझते हुए बीते।
उसे विदेश दौरे का मौका मिला।
उसके बाद टीम मैनेजर की पदोन्नति भी मिली।
पर जो कोई नहीं देख पाया — वो उसकी अपनी सेहत का जवाब देना था।
एक के बाद एक, कुल तीस दौरे [seizures]।
हर एक ने उसकी ताक़त को थोड़ा-थोड़ा तोड़ा।
सबसे बुरा यह था — उसके बेटे को, जिसे वो अपना मज़बूत रूप दिखाना चाहता था, उसे यह सब देखना पड़ा — डर में।
और जब उसे लगा कि उसने वफ़ा सिखा दी है — धोखा आ गया।
उन लोगों से, जिन पर सबसे ज़्यादा भरोसा था।
उसे समझ आया कि वो बहुत भोला था — हर किसी की मदद करता,

सहारा देता।
लेकिन जब बुरा वक्त आया — कोई नहीं था।
जैसे सीज़र के साथ हुआ था — जिन्हें बचाया, वही पीछे से वार कर गए।
और अचानक — सालों की मेहनत, समझौते, और सहनशीलता — सब चुपचाप खड़ी रह गई।
अब — ग्यारह साल और दस महीने बाद — वो बस खड़ा है।
हारा नहीं है, लेकिन बदला हुआ ज़रूर है।
अब कोई सहारा नहीं, कोई हाथ थामने को नहीं।
लेकिन फिर भी — कहीं गहराई में — एक चिंगारी बाकी है।
शायद उम्मीद नहीं, लेकिन संघर्ष की आदत।
क्योंकि यह सफ़र सिर्फ़ करियर की मंज़िलों का नहीं था।
यह प्यार की परीक्षा थी।
संघर्ष की हद थी।
और उस इंसान की कहानी — जो हर दिन टूटते हुए भी हार नहीं मानता था।
एक अंतिम एहसास:
भरोसा सिर्फ़ एक शब्द है।
लोग बिना मतलब के बात नहीं करते।
अच्छा इंसान — धीरे-धीरे टूट जाता है।
अब वह बस हथेली खोलकर खड़ा है —
ना गुस्से में,
ना माँग में,
बस एक ख़ामोश उम्मीद के साथ —
शायद किसी दिन प्यार लौट आए।
शायद कोई फिर से परवाह करे।
शायद कोई एक दिन पूछे — "क्या तुम ठीक हो?"
और कहे — "क्या मैं तुम्हारा प्यारा साथी बन सकता हूँ?"
उसे विदेश दौरे का मौका मिला।
उसके बाद टीम मैनेजर की पदोन्नति भी।

पर जो कोई नहीं देख पाया – वो उसकी अपनी सेहत का जवाब देना था।
एक के बाद एक, कुल तीस दौरे [seizures]।
हर एक ने उसकी ताक़त को थोड़ा-थोड़ा तोड़ा।

सबसे बुरा यह था – उसके बेटे को, जिसे वो अपना मज़बूत रूप दिखाना चाहता था, उसे देखना पड़ा – डर में।

और जब उसे लगा कि उसने वफ़ा सिखा दी है – धोखा आ गया। उन लोगों से, जिन पर सबसे ज़्यादा भरोसा था।
उसे समझ आया कि वो बहुत भोला था – हर किसी की मदद करता, सहारा देता।
लेकिन जब बुरा वक्त आया – कोई नहीं था।
जैसे सीज़र के साथ हुआ था – जिन्हें बचाया, वही पीछे से वार कर गए।
और अचानक – सालों की मेहनत, समझौते, और सहनशीलता – सब चुपचाप खड़ी रह गईं।
अब – ग्यारह साल और दस महीने बाद – वो बस खड़ा है।
हारा नहीं है, लेकिन बदला हुआ ज़रूर है।
अब कोई सहारा नहीं, कोई हाथ थामने को नहीं।
लेकिन फिर भी – कहीं गहराई में – एक चिंगारी बाकी है।
शायद उम्मीद नहीं, लेकिन संघर्ष की आदत।
क्योंकि यह सफर सिर्फ़ करियर की मंज़िलों का नहीं था।
यह प्यार की परीक्षा थी।
संघर्ष की हद थी।
और उस इंसान की कहानी – जो हर दिन टूटते हुए भी हार नहीं मानता था।
एक अंतिम एहसास:
भरोसा सिर्फ़ एक शब्द है।
लोग बिना मतलब के बात नहीं करते।
अच्छा इंसान – धीरे-धीरे टूट जाता है।
अब वो बस हथेली खोलकर खड़ा है –
ना गुस्से में,
ना माँग में,
बस एक खामोश उम्मीद के साथ –
शायद किसी दिन प्यार लौट आए।
शायद कोई फिर से परवाह करे।
शायद कोई एक दिन पूछे – "क्या तुम ठीक हो?"
और कहे – "क्या मैं तुम्हारा प्यारा साथी बन सकता हूँ?"

Sniper Scope

A dense jungle, and a sniper sitting in the back, making sure every move of the enemy is seen through the lens on his gun—a machine so powerful and yet so silent. The hostages, lined up in a row of thirty people, could easily be seen crying and trying to stay strong. If this sniper wanted, he could end everything in the blink of an eye, but he was waiting for orders and was tense, fearing they would soon be out of sight and gone.

The sniper held his breath and called his base to check the situation and whether the order to proceed would come or not. His finger rested on the trigger as constant messages came through from the base, all responding with the same order—to hold his ground and position. Roy, alone in a camouflaged position, waited patiently, but the order didn't come through. He kept waiting, holding his position.

The hostages, along with the enemy guerrillas, suddenly halted and set up camp for the night. It was good news for him, but what followed was horrific and deeply concerning. Roy decided to investigate the situation more closely and discovered their plan—to execute a few hostages to send a message and get their demands met.

Roy slowly went back and radioed his base.

Roy to Wolf Den, come in, Wolf Den, over.

Base. Wolf Den to Hummingbird, pass your message, over.

Roy: Wolf Den, the plan is being hatched to reduce the weight of the basket. Certain items will be carefully removed, over. Confirm permission to engage.

Base: Negative, Hummingbird. Don't engage. Stay alert and review the situation.
Roy: Wolf Den, very soon the situation will turn sour. Empty package details will be shared, and that's going to create chaos on home turf.

Base: Still stand down, Hummingbird. No engagement yet. Deliberation in progress; negotiator is working. Very soon, hostages will be released with no casualties.

Roy: Wolf Den, I have them in sight. I can complete the mission and get the hostages. The guerrillas will be neutralised.

Base: Hummingbird, stand down and wait for the next orders.
Roy ended the radio conversation, hoping for a positive command—to engage and sweep the tents one after another, making sure the hostages were unharmed while quietly eliminating all threats. He was planning his move when he suddenly heard noises.

Roy: Wolf Den, come in. Answer quickly, goddammit, over.

Base: Hummingbird, pass the message, over.

Roy: Envelopes are getting empty. Rampage on the loose. Authorise engagement, over.

Base: Stand down, Hummingbird. No clearance for engagement yet, over.

Roy: All friendlies will be dead in a few minutes and the enemy lost. Allow engagement now, over.

Base: No engagement. Enemy near border section. We can't get involved. No action, over.

Roy: They'll all be dead in a few minutes, and I can get in and out without anyone knowing. I'm checking, not sweeping. Allow engagement to save a few, over.

Base: Negative. No engagement. Stand down and move away from your position—five clicks, over.

Roy: I'm going in without orders. I won't stand by and watch innocent blood being spilled like this. Then I'm returning for more. Final, over.

By the time Roy reached, the guerrillas had already left. On the way, he heard people screaming, asking for help, trying to fight back. When he arrived, he saw only bodies and pools of blood.

He returned to base and was immediately surrounded and taken into custody. He was sent to the barrack cells and awaited trial—an accused man with no crime. Two days later, he had a court-martial hearing, and Roy was convicted of disobeying a direct order and insulting officers. Based on his record and service, he was relieved of duty.

Roy went back to living a simple life, keeping himself distant from others. Living under the radar, he drove a green Chevrolet pickup truck. His house was in a building where even the corridor lights didn't work properly, but he didn't mind. He was no one to anyone, left only with the grief he carried.

On April 4th, while sleeping, he had a dream—not just a dream, but a night that rattled him for days. Consulting a psychologist or attending a sharing group wasn't an option; what he had gone through could never be understood. He dreamt he was standing again in that pool of blood when a hand suddenly grabbed his leg.

An old man: Why did you not help us?
Roy: I had no orders; I am army man.

Another man: I tried fighting a battle that you should have fought.

Roy: I wanted to, but couldn't reach in time.

A woman: You let us down. You had them and let them go.

Roy: No, I wanted to save all of you, but the command didn't support me.

Slowly, he saw himself surrounded by many people—all asking questions or blaming him for his actions. Pinned to a tree, he saw the dead walking towards him, blood oozing from various parts of their bodies.

He closed his eyes and screamed, only to find himself awake in his bed. He went to the kitchen to grab a bottle of water. The nightmare wasn't new—it happened almost daily, sometimes twice a day if he took a nap. His sleep was completely destroyed.

He had just returned to sit in his drawing-room chair when there was a knock on the door. He wasn't expecting anyone and didn't talk to people, so who could it be? He walked to the door, knife in hand, and opened it. Standing there were government agents who didn't seem keen to talk.

He shoved them away, but before leaving, they gave him an address where Dilip, a bureaucrat from the agency, wanted to meet him. They also struck a nerve by saying, "Maybe if you help, the grief and guilt will go away." His eyes widened and his thoughts froze—he quickly realised he was being watched.

The next morning, after giving some food to the neighbour's cat—the only regular visitor—he left for the address to meet Dilip. He recorded everything on the way, in case things didn't go as planned. At the reception, he was told Dilip was expecting him. They met behind closed doors and discussed something that only the two of them knew about.

Six months after April 6th, when the meeting happened.

A green Chevrolet pickup truck, easy to blend into busy traffic, which Roy had to keep him concealed. His phone buzzed, and he saw a message: "We need to have a video call." The message was from Dilip, the same bureaucrat, high in the government, allegedly known for his dark methods to reach his goals.

Roy replied, "It is difficult; we should have minimal communication now."

Dilip responded, "Please, I beg you. It is important that we talk now, as it is a matter of many lives."

Roy said, "The plan is in motion; do not think of stopping mid-way."

Dilip insisted, "Let's talk on a secure line. We need this video call. I beg you, please."

Roy considered the request and pulled near a busy street gas station, then secured a connection to make the call to a video hotline number. He saw Dilip on the other side, but there was a smile, rather than the feeling that it was a mercy call.

Roy yelled, "All looks normal. Why did you want a call at a point of no return? The ball has dropped, and we are moving ahead as planned. We were supposed to have no contact—then why this?"

Dilip replied, "We trained you well, but not enough for you to get out of hand. You need to abort now, as per the previous directions, but you fail to comply."

Roy remembered the grief from before, and how command had different views even then. He was stuck in a loop of nightmares, and now it seemed the same.

Roy responded, "What you know about me is accurate, but there is more to me. I am Neo, but you are not Morpheus. I reject that. Remember, I will turn things around, and you will see."

At that moment, Roy saw the connection being served and the video being recorded.

But he continued, "I will abort when I feel like it. And now, I am coming for you first, so hide and save your family."

Realising this, Dilip was taken aback, and his tone changed after the threat. He realised how things would go down and that a bureaucrat will always hold the upper hand. He suggested that he had done so much for Dilip, but again he was used by the system as a mere pawn.

Suddenly, Roy heard the sound of fast-moving objects—the modern warfare had changed a lot. In his mind, he spoke to himself repeatedly: he had done so much for the country.

The current assignment was the same, and this was how the system treated him—disowned and under threat once again. The service he had performed had saved him last time, but now, could anything help him?

Dilip, in his office, wondered if he had done the right thing in releasing Roy. Roy had been paid handsomely, provided all the equipment he requested, given easy access to various places, and enjoyed secure movement and many perks. For the current assignment, all measures had been taken. But when someone decides to act above command, they must be taught a lesson. Dilip thought he had done nothing wrong in ordering the strike.

Roy, on the other hand, realised the noise came from a stealth drone flying above, which was being tested. He had seen it and knew he had to react quickly. After walking five kilometres on foot, he saw a huge blast at the same gas station where he had the call.

Seeing the blast, he said to himself, "I am coming for you," and broke the phone so that there would be no further tracking. He went under the radar.

He quietly watched his house and moved across the building, constantly checking that no one was following. He took the hunting equipment, but as soon as he did, he heard footsteps and agents approaching.

He was watching through the door when they opened fire. With no major fighting equipment, he jumped out of a window and moved slowly ahead. He carjacked a vehicle, changed clothes, and proceeded further. In an outskirt area, he abandoned the car and walked on foot into a dense jungle, where he knew no one could find him.

Dilip, meanwhile, was concerned about Roy's history; he had escaped execution twice. But he was more worried about his own family and wanted to keep them safe. Contacting Roy was now impossible, as he was off the radar entirely.

Roy prepared for war with very limited resources but knew how to turn that to his advantage. Dilip also began preparations, realising the drone strike and surprise agent attack had failed.

Dilip held a press conference, calling Roy a traitor to the state and sending a cryptic message he knew Roy would receive, providing a location to meet out of town. Roy, in a nearby area, saw the message in a hidden booth while trying to get something to eat. He realised all the clues were left for him to reach Dilip.

Roy began his journey to the location. He expected heavy security, but was surprised to find none.

He armed himself with knives and conducted a complete reconnaissance, expecting traps. Again, he was surprised—Dilip was alone. Roy watched for two days before seeing news vans arrive again. Another message was sent, with Dilip taunting him: Roy had no guts to meet and settle things, while Dilip was alone, ready to discuss everything.

Enraged, Roy waited until the news vans left, then slipped in quietly, prepared to fight. The battle began, with knives clashing. Roy was surprised by how easily Dilip defended himself. He prepared to strike when suddenly a sniper shot him. Dilip's trap had succeeded. Roy fell flat to the ground, and Dilip drove a knife into his back as a second blow.

Roy slowly drifted into the sleep of death. This time, he faced everyone with no complaints and a faint smile, his grief ending with his life. Some people give a lot but are destroyed in return, crushed and trampled as selfish motives are fulfilled. They do not receive the love and care they give to the world. Such people are often called losers.

स्नाइपर स्कोप

एक घना जंगल, और उसके पीछे बैठा एक स्नाइपर — दुश्मन की हर हलचल पर उसकी नज़र, उसकी बंदूक की दूरबीन से सब कुछ साफ़ दिख रहा है। एक शक्तिशाली मशीन, जो ख़ामोशी से मौत बरसा सकती है। सामने बंधक बने 30 लोग लंबी कतार में खड़े हैं, कुछ रो रहे हैं, कुछ बहादुरी दिखाने की कोशिश कर रहे हैं। अगर यह स्नाइपर चाहे, तो पलक झपकते ही सब खत्म कर सकता है... लेकिन वह आदेश का इंतजार कर रहा है। डर है कि कहीं ये लोग उसकी नज़रों से ओझल न हो जाएं।

स्नाइपर, यानी रॉय, ने अपनी साँस रोकी और बेस से संपर्क किया – स्थिति जानने और कार्रवाई की अनुमति लेने के लिए। उंगली ट्रिगर पर थी, पर आदेश स्पष्ट था — "स्थिति बनाए रखो, गोली मत चलाओ।"

रॉय, जो कि पूरी तरह से घुल-मिल चुका था जंगल में, बस इंतज़ार कर रहा था। लेकिन आदेश नहीं आया।

तभी दुश्मनों ने डेरा डाल दिया – रात के लिए। यह राहत की बात थी, लेकिन जो होने वाला था, वह और भी खतरनाक था। रॉय ने पास जाकर देखा – कुछ बंधकों को मारने की योजना बनाई गई थी, ताकि सरकार पर दबाव बनाया जा सके।

रॉय ने तुरंत बेस को संदेश भेजा:

"रॉय टू वुल्फ डेन, ओवर।"

"वुल्फ डेन टू हमिंगबर्ड, बोलो।"

"टोकरी से कुछ भार हटाया जा रहा है, कुछ सामान निकालने की योजना है, अनुमति दें?"

"नकारात्मक, हमिंगबर्ड, अभी कोई कार्रवाई नहीं करनी है, स्थिति पर नज़र रखो।"

"स्थिति जल्द बिगड़ सकती है, खाली पैकेज का विवरण मिलेगा और फिर मातृभूमि पर बवाल मचेगा।"

"फिर भी, हमिंगबर्ड, रुक जाओ। बातचीत चल रही है, बंधक बिना नुकसान के रिहा होंगे।"

"मैं उन्हें देख सकता हूँ, मिशन पूरा किया जा सकता है। दुश्मन खत्म किए जा सकते हैं।"
"नहीं, आदेश नहीं है। रुक जाओ।"
"अगर मैंने कुछ नहीं किया, तो सब मर जाएंगे। मुझे जाने दो।"
"नहीं। पीछे हटो। पाँच किलोमीटर दूर जाओ।"
रॉय ने आदेश को ठुकरा दिया और कहा:
"मैं बिना आदेश के जा रहा हूँ। निर्दोष लोगों का खून होते नहीं देख सकता।"
जब वह वहाँ पहुँचा, दुश्मन जा चुके थे और ज़मीन पर केवल लाशें और खून का सैलाब था।

वापस बेस आते ही उसे गिरफ्तार कर लिया गया और कोर्ट मार्शल में दोषी पाया गया – आदेश न मानने और अधिकारियों का अपमान करने के लिए। लेकिन उसके शानदार रिकॉर्ड को देखते हुए उसे सेना से निकाल दिया गया, लेकिन जेल नहीं भेजा गया।

अब रॉय आम आदमी बन गया था — एक गुमनाम ज़िंदगी जीता हुआ। एक पुरानी Chevrolet गाड़ी, एक सुनसान इमारत का कमरा, और अकेलापन उसका एकमात्र साथी। उसके सपने अब भी वही थे – वो खून, वो सवाल, वो बंधक जो अब उसकी यादों में ही ज़िंदा थे।
4 अप्रैल की रात, वो एक बुरे सपने से जागा — एक बूढ़ा आदमी उसके सपने में आया और बोला:
"तुमने हमारी मदद क्यों नहीं की?"
"मेरे पास आदेश नहीं था, मैं एक सिपाही था।"
"तुम्हें लड़ना था, पर तुमने हार मान ली।"
"मैं पहुँचना चाहता था, पर देर हो गई।"
"तुमने हमें धोखा दिया।"

वो चीख कर उठा, पसीने में भीगा हुआ। ऐसे सपने अब उसकी रोज़ की ज़िंदगी बन चुके थे।

तभी दरवाजे पर दस्तक हुई। रॉय चौंका, चाकू हाथ में लेकर दरवाजा खोला। कुछ सरकारी एजेंट खड़े थे, जो बात नहीं करना चाहते थे, बस एक पता थमा दिया — जहाँ एक अधिकारी दिलीप उससे मिलना चाहता था। उन्होंने कहा: "शायद अगर आप मदद करें, तो आपका दुख और अपराधबोध कम हो जाए।"

रॉय समझ गया कि उस पर नजर रखी जा रही है। अगले दिन, उसने पड़ोसी की बिल्ली को खाना खिलाया और उस पते की ओर निकल पड़ा।

6 महीने बाद, उसी Chevrolet ट्रक में चलते हुए दिलीप का संदेश आता है: "वीडियो कॉल जरूरी है, जिंदगियाँ दांव पर हैं।"

रॉय: तुमने मुझे कॉल क्यों किया? योजना चालू है,, अब कोई रोक नहीं सकता।

दिलीप: तुम योजना से बाहर हो गए हो। आदेश की अवहेलना कर रहे हो।

रॉय: तुम मुझे जानते हो, पर मैं बदल गया हूँ। मैं नियो हूँ... लेकिन तुम मॉर्फियस नहीं हो।

दिलीप: अपने परिवार को धमकी मत देना।
तभी रॉय को ऊपर से एक तेज़ आवाज़ सुनाई देती है — एक स्टेल्थ ड्रोन! उसने तुरंत वहां से निकलने का निर्णय लिया। 5 किलोमीटर दूर जाकर देखा — गैस स्टेशन जहाँ वो कॉल कर रहा था, उड़ चुका था।
"अब मैं तुम्हारे पीछे आ रहा हूँ," उसने फोन तोड़ते हुए कहा और फिर से गायब हो गया।
रॉय का पीछा किया जा रहा था। उसके पास सीमित संसाधन थे, लेकिन उसने जंगल का सहारा लिया — जहाँ कोई उसे नहीं ढूंढ सकता था।
दूसरी ओर दिलीप डरा हुआ था। रॉय की पिछली बच-निकलने की घटनाओं से वह वाकिफ था। उसने एक प्रेस कॉन्फ्रेंस की और रॉय को देशद्रोही कहा। साथ ही एक रहस्यमयी संदेश भेजा — एक स्थान पर मिलने के लिए।
रॉय ने संदेश समझा और वहां पहुँचा। उसने पहले दो दिन नजर रखी — दिलीप अकेला था, कोई सुरक्षा नहीं। न्यूज़ चैनल भी आए और चले गए। जब अगली बार संदेश मिला — दिलीप उसे कायर कह रहा था।
गुस्से में रॉय चुपचाप अंदर घुसा, लड़ाई शुरू हुई — चाकुओं की टक्कर से हवा में कंपकंपी। दिलीप भी लड़ने में निपुण था। तभी अचानक एक स्नाइपर ने रॉय को गोली मार दी — दिलीप की सुरक्षा योजना का हिस्सा। रॉय ज़मीन पर गिर पड़ा, और दिलीप ने उसकी पीठ में छुरा घोंपा।
मरते हुए रॉय फिर उसी सपने में था, लेकिन अब कोई शिकायत नहीं थी। लोग अब भी उसकी ओर देख रहे थे, लेकिन इस बार उसने मुस्कुराते हुए अपनी आँखें बंद कर लीं।
"कुछ लोग बहुत कुछ देते हैं, पर बदले में सिर्फ़ तबाही पाते हैं। उन्हें कुचला जाता है, क्योंकि किसी को तो हारने वाला बनना होता है..."

A Bench, Me and I

A bench in a garden under an overcast sky, rain droplets slowly falling. Drizzling is what we call it, right? It had just started. In the middle of this were people running for cover or getting ready to leave the garden, getting their kids back home so that they didn't fall sick, as flu was in the air as well. The air—it was not a gentle wind; it was wind gushing, making sure dry leaves were broken, grew wings, and moved from the garden to the nearest house.

Amidst this, a bench was getting wet, thinking how today must have been the cleansing day, and how different and happy things felt with all these events taking place. As no one took care of it, people just enjoyed the scenery sitting at that spot, but still ruined it with dirt, and children loved playing around, surely making it dirty with the mud on their footsteps. So, the bench was enjoying the thirst-quenching and relaxation of a much-needed shower as well.

With the park now almost empty and the downpour so heavy that hardly anyone would be present, a man walked in—wearing a simple loose T-shirt and baggy trousers, getting drenched with every step, bearded and with hair all messed up. He moved towards the bench as if he wanted to sit in the rain on that very bench. It felt as though he was already drenched inside somehow and didn't care about the rain. It seemed he was hiding the tears that never came, as if he wanted to cry but could never do so, and just had a faint smile as he walked towards the bench.

Do you know what happens when you cry? When you cry, the water that comes from your eyes carries a mixture from your heart. When you are hurt or feel bad, your heart brings out a recipe and mixes it with that water. Although the water looks clear, it still holds so much within. Slowly, that mixture fades, and your heart feels a bit lighter. But for people who are broken, whose system is lost, the mixture travels to their lips, and they end up faking a smile. Well, the bench slowly realised that as he was inching towards it. People who didn't get the chance to get out of the rain were standing under the shed in the park, wondering what this guy was doing.

So, Kartik sat on the bench and rested his hand on his forehead. He kept wiping his face repeatedly, growing more frustrated and angry. In a quick second, he hit the steel bench—it must have hurt him a lot, but in that rage, he didn't realise it. And in the rain, how could he even clear his face?

Kartik 1: Don't vent your anger on yourself. Say it out loud—maybe you'll find some answers.

Kartik thought he heard someone speak. He looked around and found a person sitting next to him, looking exactly like him. It was as if he were staring into a mirror. Same clothes, same build, same tattoos, and the same bruises. He got scared and stood up.

Kartik [surprised]**:** Who the hell are you? Where did you come from?

Kartik 1: Who do you think I am?

Kartik [trying to touch him and realising this seems to be just an image]**:** Come on, tell me who you are and how you look the same as me. Also, what are you smiling at?

Kartik 1: Well, if you want to know, I am you—but just in a different way. And the smile is yours; it's the one that comes when you say 'Happy to help,' as I will say the same soon.

Kartik: There is no solution and no help for me. That notion of 'Happy to help' is wrong. You help people, and they destroy you.

Kartik 1: Tell me what happened. Maybe I can help. Although I know what happened, still, if you speak, things might become clearer.

Kartik [in anger again]**:** Can you just shut up and go? I don't need help, friends, psychology lessons, or any kind of support. Just leave me alone! he shouted this time.

Person 1 [in the shed]**:** What's wrong with this guy? Is he mental or what?

Person 2 [in the shed]**:** Don't know, man. He surely looks like a crazy person.

Person 3 [in the shed]: Well, that's true. A person sitting on that bench in this rain, hitting and shouting into thin air, surely could be called crazy.

Person 4 [in the shed]: Let's leave him. There's no point thinking about him.

Kartik [looks back and sees him again]: Why can't you leave me alone?

Kartik 1: Well, why can't you speak and say what you feel?

Kartik: You and I are the same, right?

Kartik 1: Bang on. That's true.

Kartik: So you know what's going on inside me—why I feel betrayed, why I feel lonely, and above all, why I feel let down.

Kartik 1 [a bit angry yet controlled]: I know all of that. What you went through, what you felt—you and I are the same. Our anger is the same, and so is our frustration and desire for care. But still, speak up. I think you need to.

Kartik: I guess if I talk, you'll leave me, and I can sit alone for a while.

Kartik 1: Well, we can give it a try and see what happens.

Kartik: Fine, you know how I was crushed—helped people build walls around themselves and then was slowly deserted.

[Kartik 1 stands and is about to leave]

Kartik: Where are you going? First, I told you to leave, and you stayed. Now that I'm talking, you decide to leave?

Kartik 1: Well, you don't seem interested in talking, so there's no point in having this discussion.

Kartik: I'm speaking about it right now, and you're leaving without listening to me!

Kartik 1: The ending isn't the concern. The start is important—and the way you took it.

Kartik: Let's talk. I always wanted to help people, be the support they needed, take on their issues and concerns, and be nice—hoping what I give will come back.

[Kartik 1 sat and continued listening]

Kartik: I never had care or friendship at the office. I was left on my own to find things out. I fought my battles through hard work, but I wanted to change that for the people who worked for me.

Kartik 1: So what happened? Your thought was good. Did you execute it?

Kartik: Well, I did. But I trusted people too much. I taught them, worked with them, and hoped things would always be good. I ran away from my personal issues and took refuge in work. And you know the other thing as well.

He raised his hand in the air and held his forehead again. The rain was not subsiding any further. He sat on that bench, with the bench itself listening to the discussion as well. Although not many details were out, he was still sympathetic towards him. The four people in the shed still found him a lunatic.

Person 1: Who does he keep raising his hand to?

Person 2: Well, I'm clueless as well, as he sometimes gets agitated at thin air.

Person 3: He surely is a nutcase, [running his fingers in a circular motion as if implying a person with serious psychotic issues.]

Person 4: I agree, man, he surely is a nutcase. But in this rain, and stuck in the park, he's good entertainment.

Kartik 1: You know, you can talk about the other thing as well?

Kartik: No, I will not. Having that door slammed in my face and going through various things was a lot.

Kartik 1: So what did you go through? Tell me about that.

Kartik [With a devilish look and smile]: Well, you don't know, *and then, a bit louder,* we went through that tunnel together. We went through the hurt together. We bruised our bodies together. We spent the days in the hospital together, and we saw twenty convulsions together. Yet you have the audacity to talk to me like this and want those wounds to be torn open once again?

Kartik 1: Relax. If you don't want to, don't talk.[*With a pause*] Next time remember before you raise your voice at me that I am the devil inside you, and you are merely a puppet. Everything you think comes from me. So, if I can be an angel, then I can also be the destroyer.

Kartik left the bench this time and started moving towards the exit. Slowly, the rain began to subside, and a bit of sun could be seen. It was almost sunset, so the sun was dimming, and a faint rainbow was visible.

Person 1: Let's go, the show seems to be over.

Person 2: Yup, but it was crazy—as if watching a mono-acting drama.

Person 3: So now the crazy cuckoo bird is an artist.

Person 4: It would have been more fun if we'd heard some part of what he was saying, but I have it on camera for Instagram.

Suddenly, there was a huge noise, and when everyone went to see what had happened, it was a car accident. The car quickly caught fire, and a person shouted for help, but help never arrived in time. Some people heard screams, and others heard the movie song *Channa Mereya*.

Later, with the fire brigade's arrival and the police investigation, it was discovered that the same person, last seen sitting on the park bench, was involved. From the next day, things returned to normal. People came to the bench, sat on it, and talked about how the person who had sat there that day had just lost his life. The bench was now not just a reminder of the scenic beauty but also a witness to what that person had been going through.

Attachments are not easy; people connect with others at different levels. Some people may not be true angels, but their support and care are not fake. In that process, they are mistreated, which breaks them for a long time, leaving them with deep trust issues. That is what the bench thinks now, as it cannot cry but wishes it could every day.

एक बेंच, मैं और मेरी परछाई

एक बगीचे में एक बेंच था, ऊपर आसमान बादलों से ढका हुआ था। बारिश की बूंदें धीरे-धीरे गिर रही थीं। हम इसे फुहार कहते हैं, और वह शुरू हो चुकी थी। लोग या तो भाग रहे थे या बगीचे से जाने की तैयारी में थे। बच्चे जो खेल रहे थे, उन्हें जल्दी घर ले जाया जा रहा था ताकि वे बीमार न पड़ें। हवा में फ्लू फैला हुआ था।

हवा भी कोई हल्की-फुल्की नहीं थी — तेज़ झोंके चल रहे थे, सूखी पत्तियों को तोड़कर उन्हें पंख दे रहे थे, जैसे वे बगीचे से उड़कर पास के घरों तक जा रही हों।

इसी बीच एक बेंच भीग रही थी, जैसे सोच रही हो कि आज उसका शुद्धिकरण हो रहा है। यह सब घटनाएँ कुछ अलग थीं, और इस क्रम में उसे एक अजीब-सी खुशी मिल रही थी। क्योंकि कोई उसकी परवाह नहीं करता था, लोग तो बस उस पर बैठते थे, नज़ारे का आनंद लेते थे, और गंदगी छोड़ जाते थे। बच्चे खेलते थे, और उनकी गंदी जूतियों से वह बेंच और भी गंदी हो जाती थी। आज वह बेंच इस बारिश को अपनी प्यास बुझाने और सुकून देने वाली एक ज़रूरी राहत के रूप में महसूस कर रही थी।

अब पार्क लगभग खाली हो गया था, बारिश इतनी तेज़ थी कि कोई भी वहाँ नहीं रुक सकता था। तभी एक आदमी आता है — एक ढीली टी-शर्ट और बैगी पैंट्स में — हर कदम पर भीगता हुआ। दाढ़ी बढ़ी हुई, बाल बिखरे हुए, और वह उसी बेंच की ओर बढ़ रहा था, जैसे उसे इस बारिश में उस बेंच पर बैठना होना हो। ऐसा लग रहा था जैसे वह अंदर से भी पहले से ही भीगा हुआ हो — उसे फर्क नहीं पड़ रहा था बारिश से। जैसे वह आँसू छुपा रहा हो जो कभी बह नहीं पाए। जैसे वह रोना चाहता हो, पर रो नहीं सकता, और बस एक हल्की सी मुस्कान उसके चेहरे पर थी।

क्या तुम जानते हो जब इंसान रोता है तो क्या होता है? आँसू तो आँखों से आते हैं, पर उसमें एक मिश्रण होता है जो दिल से आता है। जब दिल दुखता है या कुछ बुरा लगता है, तो दिल एक नुस्खा तैयार करता है और उसे आँसुओं में मिला देता है। वह पानी चाहे साफ दिखे, पर उसमें बहुत कुछ होता है। धीरे-धीरे वह मिश्रण ख़त्म होता है और दिल थोड़ा हल्का महसूस करता है।

लेकिन जो लोग टूट जाते हैं, जिनका सिस्टम जवाब दे देता है, उनके आँसू होठों तक पहुँचते हैं, और वे एक झूठी मुस्कान बना जाते हैं।

बेंच ने यह सब महसूस किया जब वह आदमी उसके पास आया। बारिश से बचने के लिए जो लोग शेड के नीचे खड़े थे, वे हैरानी से देखने लगे — "यह आदमी क्या कर रहा है?"

कर्तिक [Kartik] उस बेंच पर बैठ गया और अपना सिर माथे पर टिकाए बैठा था। वह बार-बार अपना चेहरा पोंछ रहा था, गुस्से में, हताश होकर। अचानक उसने स्टील की बेंच पर ज़ोर से मुक्का मारा — शायद उसे बहुत चोट लगी होगी, पर गुस्से में उसे फ़र्क ही नहीं पड़ा।

कर्तिक 1: अपने आप पर गुस्सा मत निकालो। कहो, जो कहना है। शायद कुछ हल निकल आए।

कर्तिक ने चारों ओर देखा, उसकी आँखें चौक गईं — बगल में कोई बैठा था — हूबहू उसी जैसा। वही कपड़े, वही चेहरा, वही टैटू, वही चोट के निशान।

कर्तिक [चौंकते हुए]**:** तुम कौन हो? कहाँ से आए?

कर्तिक 1: क्या लगता है, मैं कौन हूँ?

कृतिक [हाथ बढ़ाकर छूने की कोशिश करता है]: ये क्या मजाक है? तुम दिखते क्यों हो मेरे जैसे? और मुस्कुरा क्यों रहे हो?"

कृतिक 1: मैं तुम ही हूँ, बस एक अलग रूप में। और ये मुस्कान... वही है जो तुम 'Happy to help' कहकर लाते हो। अब वही मैं कहूँगा।

कृतिक: मेरे लिए अब कोई मदद नहीं बची। वो 'Happy to help' वाला जज़्बा ही ग़लत था। क्योंकि तुम मदद करते हो, और लोग तुम्हें ही तोड़ देते हैं।

कृतिक 1: बताओ, क्या हुआ? शायद मैं समझ सकूँ। हालाँकि मैं जानता हूँ, फिर भी बोलोगे तो हल्का महसूस करोगे।

कृतिक [गुस्से में]: चुप हो जाओ, चले जाओ। मुझे कोई दोस्त, मनोवैज्ञानिक या सहारा नहीं चाहिए। मुझे अकेला छोड़ दो!

शेड में खड़ा व्यक्ति 1: इस आदमी को क्या हो गया है? दिमाग ठीक है इसका?"

व्यक्ति 2: लगता तो पागल जैसा ही है।

व्यक्ति 3: बारिश में भीगते हुए, हवा में चिल्लाते हुए, ये तो पक्का पागल है।"

व्यक्ति 4: छोड़ो यार, पागल है। जाने दो।"

कृतिक: तुम क्यों नहीं जाते?"

कृतिक 1: तुम क्यों नहीं बोलते कि क्या महसूस कर रहे हो?"

कृतिक: तुम और मैं एक ही हैं, सही कहा?"

कृतिक 1: बिल्कुल।

कृतिक: तो फिर तुम्हें पता है — मैं क्यों टूटा हूँ, क्यों अकेला महसूस करता हूँ, और क्यों खुद को ठगा सा पाता हूँ।

कृतिक 1 [गंभीर होकर]: सब जानता हूँ। तुम्हारा गुस्सा, तुम्हारी उम्मीद, और तुम्हारी चाहत — सब जानता हूँ। लेकिन फिर भी बोलो... क्योंकि ज़रूरी है।

कृतिक: ठीक है, अगर मैं बोलूँ, तो तुम चले जाओगे, और मुझे कुछ देर की शांति मिल जाएगी।

कृतिक 1: देखते हैं।

कृतिक: मैंने हमेशा मदद करना चाहा, सबका सहारा बनना चाहा। सोचा जो मैं दूँगा, वही मुझे भी मिलेगा।

कृतिक 1: फिर क्या हुआ? तुमने कोशिश की?

कृतिक: मैंने किया, लोगों को सिखाया, उनका साथ दिया, उम्मीद की कि सब अच्छा रहेगा। अपने व्यक्तिगत दर्द से भागकर काम में डूब गया... और तुम तो जानते ही हो बाकी सब भी।

वह अपना हाथ फिर माथे पर रख लेता है। बारिश थमने का नाम नहीं ले रही थी। वह बेंच पर बैठा रहा, बेंच उसकी हर बात सुनती रही — दुख, गुस्सा, और बेचैनी।शेड वाले लोग आपस में बातें करते रहे।

व्यक्ति 1: ये किससे हाथ उठाकर बातें कर रहा है?

व्यक्ति 2: कुछ समझ नहीं आ रहा।

व्यक्ति 3: पक्का पागल गया है।

व्यक्ति 4: पर हाँ, मनोरंजन तो दे रहा है।

कृतिक 1: बाकी बातें भी बता सकते हो...

कृतिक: नहीं, मैं नहीं बताऊंगा। उस दरवाज़े के बंद होने की आवाज़ अब भी कानों में है।

कृतिक 1: क्या हुआ था, बताओ?

कृतिक [क्रोध में, एक खौफनाक मुस्कान के साथ]**:** तुम नहीं जानते? हम साथ उस अंधेरे से गुज़रे थे, एक साथ जले थे, अस्पताल के बिस्तर साझा किए थे, 20 झटकों को झेला था — और तुम पूछते हो क्या हुआ?

कृतिक 1 [धीमे स्वर में]: ठीक है। मत बताओ। पर अगली बार गुस्से में मुझ पर चिल्लाने से पहले याद रखना — मैं तुम्हारा ही हिस्सा हूं, तुम्हारा ही अंदर का राक्षस। मैं देवदूत बन सकता हूं, तो विध्वंसक भी।
कृतिक उठकर चल पड़ा — पार्क का दरवाज़ा अब दूर नहीं था। बारिश थमने लगी थी। हल्की धूप छाई थी। सूरज डूब रहा था, और एक छोटा सा इंद्रधनुष दिख रहा था।

व्यक्ति 1: चलो, नाटक खत्म हुआ।

व्यक्ति 2: सच में, जैसे एक मोनो-एक्ट प्ले देख लिया हो।

व्यक्ति 3: अब ये पागल कलाकार बन गया।

व्यक्ति 4: रिकॉर्डिंग हो गई, Instagram पर डालूंगा।
अचानक एक तेज़ आवाज़ आई — एक कार दुर्घटना। आग लग गई। अंदर से मदद की पुकार आई, पर कोई समय पर नहीं पहुंचा। कुछ लोगों ने चीखें सुनीं, और किसी ने सुना — "चन्ना मेरेया।"

फायर ब्रिगेड और पुलिस की जाँच में पता चला — ये वही आदमी था जो उस दिन पार्क की बेंच पर बैठा था। अगले दिन सब सामान्य हो गया। लोग उस बेंच पर फिर बैठने लगे, बातें करने लगे — "उस दिन जो आदमी बैठा था, वो अब इस दुनिया में नहीं रहा।" अब वो बेंच सिर्फ दृश्य का हिस्सा नहीं रही — अब वो एक कहानी जानती थी, एक दर्द को समझती थी। कभी-कभी लगाव भारी हो जाते हैं। कुछ लोग सच में फ़रिश्ते नहीं होते, लेकिन उनका प्यार और परवाह झूठ नहीं होती। इसी प्रक्रिया में उन्हें चोट लगती है, और वे टूट जाते हैं। विश्वास खो देते हैं। यही बेंच अब समझती है — वह खुद रो नहीं सकती, लेकिन हर दिन रोना चाहती है।

The Intern

The day was simple, but the excitement was high. It was difficult to know why this excitement existed. Was it because I was taking my first interview for an initiative that was so different and important? Maybe the initiative was just a reason to prove to myself that I could lead something meaningful and be good at it. Could the excitement be because this was the next step to win that big promotion, or was it to make a difference in people's careers—helping those who were just starting, moulding them, and learning with them would be fun?

Well, all these thoughts were running through my mind when an alert popped up—a black dialogue box on the screen saying, Interview – Vijay in 15 minutes. It was a reminder that we would be starting the process of selection soon. While others were also conducting interviews, for me, owning this initiative was something special.

So, the clock struck 10:00, and I dialled in for the call.

Sujit: Dialled in and waiting for Vijay.

Vijay: Good morning, Sir.

Sujit: Good morning, Vijay, you can call me Sujit.

Sujit: Also, be comfortable, Vijay. Consider this a discussion and not an interview.

Sujit: I'll introduce myself first, and then you can. I am one of the Managers and have close to 10-plus years of experience. Over to you.

Vijay: Many thanks. I'm Vijay, a Biotechnology graduate from New Delhi. I did a project where I worked on separating oil from various plant seeds which could be used for medicinal purposes. I'm looking forward to this internship.

Sujit: Well, that's impressive. So, about your project—how did you determine that the oil was useful?

Vijay: Well, we tried it for some pain that our family members were experiencing, me and my team. We did see some benefits.

Sujit: Was it just one oil or multiple?

Vijay: It was two different oils—one that I extracted from neem seeds and the other from mustard seeds, done by my team member.

Sujit: Okay, so in clinical research, such a kind of comparison is called what?

Vijay: Well, that kind of study would be a comparator study.

Sujit: Okay, and what are the different phases of clinical trials?

Vijay: There are four phases, and the difference for each is that they have a different number of patients and sites, along with differences in the kind of patients selected."

Sujit: Okay, do you know the three stages of clinical data management?

Vijay: Well, we would have the set-up, where the study will be created; study conduct, where data will be received and cleaned; and lastly, closeout, where all data will be locked.

Sujit: Okay, well, I have no further questions. Do you have anything you'd like to ask?

Vijay: I wanted to check—am I selected for this internship?

Sujit: We are still conducting more interviews, so we'll come back to you about that.

Vijay: Sure, thank you. I have a question.

The call ended in 30 minutes, and Sujit drafted an email: "Vijay can be considered for the internship position, but the test score also needs to be reviewed," copying the senior leaders and sending it to the recruiter.

Soon, another notification popped up from his calendar: Interview – Manvi in 15 minutes. With that thought, I realised many interviews were lined up today. Excitement turned into a bit of tiredness, but above all, there was a sense of responsibility—you don't want to miss choosing the right kind of people for the company and helping build them.

During the break, I was reflecting on all this. Soon, the time for the next interview came, and it was important to make sure a different set of questions could be asked to test the next candidate. But the thought was—let's go with the flow and see how it goes.

Sujit: Dialled in and waiting for Manvi.

Manvi: Good morning, Sir.

Sujit: Good morning, Manvi. You can call me Sujit.

Sujit: Also, be comfortable, Manvi. Consider this a discussion and not an interview.
Sujit: I'll introduce myself first, and then you can. I am one of the Managers and have close to 10-plus years of experience. Over to you.

Manvi: Many thanks. I'm Manvi. I have done B. Pharma and am from Chandigarh. I've been part of many cultural societies, and for me, feedback for learning is most important.

Sujit: Impressive. So, can you tell me how you would manage a situation as a leader in your cultural society?

Manvi: Well, I wasn't the leader, but I would have observed what the situation was.

Sujit: Say, a conflict between two people?

Manvi: I would listen to both people separately and then bring them together in a common meeting to help resolve it.

Sujit: Okay, do you know what clinical trials are?

Manvi: It is the testing of medicine first on animals and then on humans for a disease, so that it can be used to treat a large population.

Sujit: Okay, which happens first—animal or human testing?"

Manvi [confidently]: It is animal testing first and then human testing

Sujit: Okay, can you tell me, in Phase I, how many patients would be included?

Manvi: I believe it should be around 100.
Sujit: Okay, should we take informed consent from patients to be included in the trial?

Manvi: Yes, informed consent should be taken.

Sujit: Okay, why so?

Manvi: As it is mentioned in the ICH-GCP that it should be taken based on various tragedies that happened in the past during clinical trials.

Sujit: Okay, do you know what EDC is?

Manvi: It's a system to gather clinical data, called Electronic Data Capture.

Sujit: Okay, well, I have no further questions. Do you have anything you'd like to ask?

Manvi: I have no questions.

Sujit: Okay, then thank you for your time today."

Manvi: Thank you.

This call also ended in 30 minutes, and Sujit drafted an email: "Manvi can be considered for the internship position, but the test score also needs to be reviewed," copying the senior leaders and sending it to the recruiter.

In the next few weeks, discussions happened, scores were added, and people were selected for the internship. Yes, you know by now the initiative was the internship programme, and I was responsible for it. The feeling was great, and the support team with me were my friends in the company. That made it so simple to run the internship programme.

In the upcoming months, all of us—trainers, leads, and interns—worked together to impart knowledge and make the interns ready for the future work they would come across. Regular checks were needed to see who was the best, how good they were, and how they could be made better. Some people did fall short sometimes, so feedback was given to help them improve.

Manvi had a similar situation, after which she did exactly as she mentioned in her interview—worked on feedback and got better each day. Slowly, things changed, and being the best was what she aimed for and achieved.

Well, the training went on for three months, and then a decision was made on who would stay. Some people had to leave, and that was sad for me. No one would agree, but it truly was. The final decision wasn't mine to keep everyone. We had 15 interns, and I never made anyone's career, but I think I played a 1% role in helping shape it.

The programme went well, and after completion, I was standing on a balcony one day and thought—the corporate school had ended for these people, but where did I stand now? Sometimes I felt like the villain for a few, as the feedback was harsh and strong. For others, maybe I did something good. For some, I was perhaps the best manager to start with and by the end became the worst. For a few, it didn't mean anything—they came, learned, and are now implementing the same.

While social media may post reels about managers—how sometimes they are difficult, how some are supportive, how employees are tough, and how others are the best of the best—I know both sides get involved to teach and to win. The journey together is never easy.

A simple piece of land is fought over with missiles and troops between two countries; this is the career of someone—for both sides. If it works out, both are happy in their respective scenarios, and not both have guns pointed at each other with egos clashing.

No one is so bad that they shouldn't have a second, third, or more chances. Discussion is the solution, but sometimes we don't want to have it. One-to-one conversations are important, but if we decide we don't want them, we never will. So I, Sujit, wanted to stay in touch with everyone and made that promise, but now everyone is busy. There is no extended family. You can only find them in memories, as we always make space for new managers and reportees.

Pause the cycle and think—if you read this story, think of the person you'd like to speak to but haven't. Not the one you lost touch with, but the one you had a fight with and decided to move on. Give them a call; you might find they've waited for it for a long time. They may cry on the call or afterwards.

Someone once told me—the energy you give to this universe, especially the positive, moves around and comes back to meet you again in some form.

Well, the story can be simple and straightforward, but I feel that sometimes you create the best of the best. All of them deserve their rightful place, but there's always a time when you part ways. You can play different roles in different people's lives.

प्रशिक्षु

दिन साधारण था, पर उत्साह बहुत ज़्यादा था। खुद समझना मुश्किल था कि आखिर यह उत्साह किस बात का था। क्या इसलिए कि मैं पहली बार किसी ऐसे इनिशिएटिव के लिए इंटरव्यू ले रहा था जो खास और अलग था? शायद यह इनिशिएटिव खुद को साबित करने का एक ज़रिया था — कि मैं कुछ बड़ा संभाल सकता हूँ और उसमें अच्छा भी हो सकता हूँ।

या फिर इसलिए कि यह मेरे उस प्रमोशन की ओर अगला कदम हो सकता था जिसका मैं लंबे समय से इंतज़ार कर रहा था, या फिर इसलिए कि मैं दूसरों के करियर में फर्क ला सकूँ, खासकर उन लोगों के लिए जो करियर की शुरुआत कर रहे थे — जिन्हें गढ़ना और उनके साथ सीखना दिलचस्प होता। इन्हीं ख्यालों के बीच एक अलर्ट स्क्रीन पर उभरा:

"Interview - विजय in 15 minutes"

एक काला डायलॉग बॉक्स जो याद दिला रहा था कि चयन प्रक्रिया अब शुरू होने वाली है। हालाँकि और लोग भी इंटरव्यू ले रहे थे, पर मेरे लिए यह खास था — क्योंकि इस इनिशिएटिव को चलाना मेरी ज़िम्मेदारी थी।

घड़ी ने 10 बजाए, और मैंने कॉल डायल किया।

सुजीत: कॉल पर जुड़ा, विजय का इंतज़ार कर रहा हूँ।

विजय: गुड मॉर्निंग सर।

सुजीत: गुड मॉर्निंग विजय, मुझे सुजीत कह सकते हो।

सुजीत: आराम से बात करना, इसे इंटरव्यू नहीं बल्कि एक चर्चा की तरह लो।

सुजीत: मैं पहले अपना परिचय देता हूँ — मैं एक मैनेजर हूँ और मेरे पास लगभग 10 साल का अनुभव है। अब तुम्हारी बारी।

विजय: बहुत धन्यवाद, मैं विजय हूँ। मैंने बायोटेक्नोलॉजी में ग्रेजुएशन किया है और मैं दिल्ली से हूँ। मैंने एक प्रोजेक्ट किया था जिसमें हमने पौधों के बीजों से तेल निकालने पर काम किया था जो औषधीय इस्तेमाल के लिए उपयोगी हो सकते हैं। इसी वजह से मैं इस इंटर्नशिप के लिए उत्साहित हूँ।
सुजीत: बहुत अच्छा, तो उस प्रोजेक्ट में आपने कैसे तय किया कि तेल उपयोगी है?

विजय: हमने अपने परिवार में जिन्हें दर्द था, उनके ऊपर इसे आज़माया और कुछ राहत मिली।

सुजीत: क्या यह सिर्फ एक तरह का तेल था?

विजय: दो थे — एक नीम के बीजों से, और दूसरा मेरे टीम मेंबर ने सरसों से निकाला था।

सुजीत: ठीक है, क्लिनिकल रिसर्च में इस तरह की तुलना को क्या कहते हैं?

विजय: कंपेरेटर स्टडी।

सुजीत: क्लिनिकल ट्रायल्स के कितने फेज़ होते हैं?

विजय: चार फेज़ होते हैं और उनमें मरीजों की संख्या और चयन की प्रक्रिया अलग होती है।

सुजीत: ठीक है, क्लिनिकल डेटा मैनेजमेंट के तीन मुख्य चरण क्या होते हैं?

विजय: सेट-अप, स्टडी कंडक्ट और क्लोज़आउट।

सुजीत: ठीक है, मेरे और कोई सवाल नहीं हैं। तुम्हारे पास कुछ पूछना है?

विजय: क्या मैं सेलेक्ट हो गया इस इंटर्नशिप के लिए?

सुजीत: हम अभी और इंटरव्यू ले रहे हैं, जल्दी ही आपको जानकारी देंगे।

विजय: ठीक है, धन्यवाद। एक सवाल है...

कॉल लगभग 30 मिनट में खत्म हुआ और सुजीत ने मेल ड्राफ्ट किया: "विजय को इंटर्नशिप के लिए कंसीडर किया जा सकता है, पर टेस्ट स्कोर देखना भी जरूरी है।"

मेल सीनियर लीडर्स को रखते हुए रिक्रूटर को भेज दिया गया। कुछ ही मिनटों में अगला अलर्ट आया: "Interview – मानवी in 15 minutes"

अब थकान हल्की लगने लगी थी, लेकिन ज़िम्मेदारी अभी भी सबसे ऊपर थी — कंपनी के लिए सही लोगों का चयन और उन्हें तैयार करना। ब्रेक के दौरान सुजीत यह सब सोच ही रहा था कि अगला इंटरव्यू शुरू करने का समय हो गया। अब कुछ अलग सवाल पूछने की कोशिश थी, लेकिन सोचा कि फ्लो के साथ चलो, जो होगा देखा जाएगा।

सुजीत: कॉल पर जुड़ा, मानवी का इंतज़ार कर रहा हूँ।

मानवी: गुड मॉर्निंग सर।

सुजीत: गुड मॉर्निंग मानवी, मुझे सुजीत कहो। आराम से बात करो, ये इंटरव्यू नहीं, एक डिस्कशन है।

सुजीत: मैं अपना परिचय देता हूँ — मैं मैनेजर हूँ और मेरे पास 10 साल का अनुभव है, अब आपकी बारी।

मानवी: धन्यवाद, मैं मानवी हूँ। मैंने बी. फार्मा किया है और चंडीगढ़ से हूँ। मैं कई कल्चरल सोसाइटीज़ का हिस्सा रही हूँ और मेरे लिए फीडबैक सबसे ज़रूरी होता है।

सुजीत: बहुत अच्छा, अगर कोई टकराव हो टीम में, तो आप क्या करेंगी?

मानवी: मैं पहले दोनों से अलग-अलग बात करूंगी और फिर एक मीटिंग में दोनों को साथ लाकर सुलझाने की कोशिश करूंगी।

सुजीत: ठीक है, आपको पता है क्लिनिकल ट्रायल क्या होता है?

मानवी: यह दवाओं की जांच होती है, पहले जानवरों पर और फिर इंसानों पर, ताकि बीमारी के इलाज के लिए प्रयोग हो सके।

सुजीत: पहले जानवरों पर होता है या इंसानों पर?

मानवी [आत्मविश्वास से]**:** पहले जानवरों पर।

सुजीत: Phase I में कितने मरीज शामिल होते हैं?

मानवी: करीब 100 के आसपास।

सुजीत: क्या ट्रायल में मरीज से इंफॉर्म्ड कंसेंट लेना ज़रूरी है?

मानवी: हाँ, ICH-GCP के अनुसार यह अनिवार्य है, क्योंकि अतीत में हुई घटनाओं से यह सीखा गया।

सुजीत: EDC क्या होता है?

मानवी: Electronic Data Capture – क्लिनिकल डेटा इकट्ठा करने की एक प्रणाली।

सुजीत: ठीक है, मेरे पास और कोई सवाल नहीं हैं, आपके पास?

मानवी: नहीं, मेरे पास कोई सवाल नहीं।

सुजीत: ठीक है, फिर धन्यवाद।

मानवी: धन्यवाद।

कॉल खत्म हुआ, फिर वही प्रक्रिया — मेल ड्राफ्ट हुआ: "मानवी को इंटर्नशिप के लिए कंसीडर किया जा सकता है, पर टेस्ट स्कोर देखना ज़रूरी है।"

अगले कुछ हफ्तों में चयन प्रक्रिया चली, स्कोर देखे गए, और फिर इंटर्न चुने गए। अब तक आप समझ ही गए होंगे — यह इनिशिएटिव एक इंटर्नशिप प्रोग्राम था और मैं उसका जिम्मेदार था। महसूस हुआ कि यह अनुभव बहुत खास था, और मेरी मदद करने वाली टीम मेरे अपने दोस्त थे, जिससे सब आसान हो गया।

अगले कुछ महीने, हमने — ट्रेनर्स, लीड्स और इंटर्न्स — मिलकर काम किया। उनकी ट्रेनिंग की, फीडबैक दिए, और उन्हें उस काम के लिए तैयार

किया जो भविष्य में उनका इंतजार कर रहा था। कभी-कभी लोग पीछे भी रह जाते थे, लेकिन सुधार की गुंजाइश हमेशा रहती थी। मानवी ने भी वही किया जो उसने इंटरव्यू में कहा था — फीडबैक लिया, उस पर काम किया, और हर दिन बेहतर होती गई। धीरे-धीरे उसने खुद को बदल दिया और उस मुकाम पर पहुँची जो उसका लक्ष्य था।

तीन महीने की ट्रेनिंग के बाद आखिरी फैसला लिया गया — कौन रुकेगा, और कौन जाएगा। कुछ को छोड़ना पड़ा, और वह मेरे लिए दुखद था — क्योंकि भले ही फैसला मेरा नहीं था, पर सब मेरे अपने थे। हमने 15 लोगों को ट्रेन किया। मैंने किसी का करियर नहीं बनाया, लेकिन शायद 1% भूमिका जरूर निभाई।

एक दिन बालकनी में खड़ा होकर सोचा — उनके लिए यह कॉर्पोरेट स्कूल खत्म हुआ, लेकिन मैं अब कहाँ खड़ा हूँ? कुछ के लिए शायद मैं अच्छा मैनेजर था, कुछ के लिए सबसे बुरा। कुछ के लिए कुछ भी नहीं। पर सबने कुछ न कुछ सीखा और अब उस ज्ञान का इस्तेमाल कर रहे हैं।

सोशल मीडिया पर आजकल मैनेजर्स के ऊपर खूब रील्स बनती हैं — कभी उन्हें अच्छा दिखाया जाता है, कभी बुरा। सच यही है — मैनेजर और एम्प्लॉई दोनों ही सिखाते हैं, लड़ते हैं, साथ चलते हैं। यह करियर है किसी का — और अगर दोनों सही रहें, तो जीत दोनों की होती है। अगर नहीं, तो लड़ाई सिर्फ ईगो की होती है।

कोई इतना बुरा नहीं होता कि उसे दूसरा या तीसरा मौका न मिले। पर हम कभी-कभी बातचीत से भाग जाते हैं। 1-on-1 जरूरी है, लेकिन अगर हम तय कर लें कि बात नहीं करनी, तो कभी नहीं होगी। मैं — सुजीत — सभी से जुड़ा रहना चाहता था। वादा किया था, पर अब सब व्यस्त हैं। कोई एक्सटेंडेड फैमिली नहीं रही। अब वो सिर्फ यादों में हैं। क्योंकि अब नई टीम है, नए मैनेजर्स हैं, और नई रिपोर्टीज़।

इस चक्र को एक बार रोककर सोचो — अगर तुम ये कहानी पढ़ रहे हो, तो उस इंसान को याद करो जिससे तुम्हारा मनमुटाव हुआ था। जिससे बात किए बिना ही आगे बढ़ गए थे। उन्हें एक कॉल करो। शायद वो कब से इस कॉल का इंतजार कर रहे हों। शायद वो बात करते हुए या उसके बाद रो पड़ें।

किसी ने एक बार कहा था — जो ऊर्जा तुम इस ब्रह्मांड में भेजते हो, वो लौट कर किसी रूप में तुम्हारे पास ज़रूर आती है। कहानी सीधी भी हो सकती थी — but I feel, कभी-कभी हम सबसे बेहतरीन लोग बना देते हैं। हर किसी का अपना सही स्थान होता है। पर हर कहानी में एक समय आता है — जुदाई का। और हम हर किसी की ज़िंदगी में अलग-अलग किरदार निभाते हैं।